Gezeitensaat

Lilli Susann Eth

Inhaltsverzeichnis

Danke

Ich danke den Menschen, die mich mit ihrer Liebe auf meinem Weg begleiten. Ich bin berührt von den Geschichten, die mir ihre Seelen erzählen und von dem Mut, mit dem sie die irdischen Herausforderungen meistern.

Erklärung

Meine beiden Geschichten über den Konflikt zwischen Brüdern basieren nicht auf tatsächlichen Ereignissen, sondern entspringen meiner Fantasie. Ich möchte jedoch darauf hinweisen, dass es zahlreiche Beispiele für die behandelten Themen gibt, sowohl aus historischer als auch aus realer Perspektive.

Über die Autorin

Lilli Susann Eth studierte Rechtswissenschaften und arbeitete nach ihren Staatsexamina zunächst als wissenschaftliche Mitarbeiterin. Später führte sie als Unternehmensjuristin Verhandlungen in vielen Ländern der Welt. Ein Erweckungserlebnis veränderte ihre Sicht auf das Leben und verlagerte ihren Fokus zunehmend auf spirituelle Fragen. Schritt für Schritt distanzierte sie sich von ihrem beruflichen Umfeld und tauchte tiefer in die Welt jenseits des Sichtbaren und Greifbaren ein. Schließlich begann sie, spirituelle Geschichten zu schreiben. Zwei davon sind in diesem Heft enthalten, verbunden durch einen ebenso humorvollen wie tiefgründigen lyrischen Teil.

Zwischen den Welten - im Bruderzwist

Theo saß in einem Café in der Innenstadt vor einem Glas stillen Wassers. Er hasste Cafés und er trank auch keinen Kaffee, so wie er auch keinen Kuchen essen wollte. Doch jetzt war er hier gelandet und wartete darauf, ins Gericht auf der gegenüberliegenden Seite zu gehen. Der Widerwille gegenüber dem bevorstehenden Verhandlungstermin stand ihm ins Gesicht geschrieben. Was tun, wenn ein großer Bruder Zeit seines Lebens seinem kleinen Bruder das Leben zur Hölle macht, fragte er sich. „Nun, der Kleinere muss sich wehren", sprach eine innere Stimme. „Was aber, wenn der ‚große Bruder' immerzu gewinnt: Wenn er lügen kann, ohne zu stottern oder rot werden zu müssen. Wenn er es schafft, andere gegen den kleinen Bruder aufzuhetzen. Wenn er Dritte dazu animieren kann, in den Kampf einzusteigen, um die Quälerei des kleinen Bruders perfekt zu machen …"

Theo erinnerte sich daran, wie sein Bruder ihn früher mit seiner „Bande" überfallen und gefesselt hatte, um ihn dann in einem Holzverschlag einzusperren. Noch bis heute hatte er den beißenden Geruch des giftigen Holzschutzmittels in der Nase. Und er fühlte für einen Moment den Schmerz einer gekillten Liebe. Dieser war damals in sein Herz eingezogen, als sich seine Jugendliebe von ihm getrennt hatte. Sie meinte, in seinem Haus sei ihr Glaube an Frieden gestorben, und weigerte sich, den schwelenden Krieg der Brüder und noch weniger ihre offenen Kämpfe länger zu ertragen.

Während er sich von seinen Erinnerungen einnehmen ließ und dabei blind auf die gegenüberliegende Straßenseite schaute, bemerkte er einen fremdländischen Mann, der, bekleidet mit einer dunklen Tunika – oder war es ein Kaftan? –, zielsicher auf seinen Tisch zuging. Ohne höfliches Nachfragen setzte sich der Unbekannte zu ihm an den Tisch und ließ eine braune Kugel aus seiner Tasche über den Tisch rollen.

Irritiert schaute Theo auf. Noch weniger als Kaffee und Kuchen konnte er es ausstehen, wenn man seine Kreise störte. Der Mann lächelte ihn freundlich an. Theo verweigerte die Spiegelung des sonnigen Gesichtsausdrucks. Indes fragte er sich lieber, ob der Mann aus Indien komme.

„Du bist gezeichnet vom Kampf", hörte Theo ihn sagen.

„Es ist Zeit, deine Reise nach innen anzutreten. Sie wird dein größtes Abenteuer, ist Anfang und Ziel zugleich. Sei mutig, es wird eine spannende Reise."

Dann stand der Fremde auf, schaute kurz in den Himmel und ging einfach weiter durch das Café. Er hatte nichts bestellt, so gab es auch nichts zu zahlen. Die braune Kugel, die der Fremde auf dem Tisch zurückgelassen hatte, setzte sich in Bewegung und rollte drei Zentimeter in Richtung des sich fortbewegenden Unbekannten. Erstaunt betrachtete Theo die Kugel und bemerkte, dass diese Kugel die gleiche Farbe hatte wie das fremdländische Gewand des Mannes. Als er wie in Zeitlupe den Blick hob, um dem Unbekannten nachzuschauen, war dieser schon wie vom Erdboden verschluckt.

Hektisch stand Theo auf und versuchte, ihn unter den Passanten auszumachen. In ungewohnter Neugierde wollte er wissen, wo der Fremde als Nächstes hinging, und lieber noch, was er mit seinen Worten gemeint hatte. Doch seine Mühe war vergeblich, der Mann mit dem Kaftan blieb unauffindbar. Nachdenklich steckte Theo die bei ihm verbliebene braune Kugel ins Sakko, winkte dem Kellner und bezahlte sein Wasser. In seiner Verwirrung mahnte er sich zur Konzentration auf den bevorstehenden Termin. Er fragte sich, ob seine Anwältin bei Gericht eingetroffen war, und lief eilig auf das Gebäude zu.

Die Verhandlung über den jüngsten Rechtsstreit mit seinem Bruder sollte gleich beginnen. Auch wenn Theo um Souveränität bemüht war, ließ ihn der Gedanke an die bevorstehende Sitzung im Gerichtssaal seine Zähne fest zusammenpressen.

„Mein Bruder wird lügen, er wird wieder Zeugen zum Meineid verführen und er wird abermals Sachverständige bestochen haben“, überlegte er. Er konnte den brüderlichen Verrat förmlich riechen. Und wäre er nicht so entschlossen, diesem entgegenzutreten, so wäre er vor der unentrinnbaren Verletzung des Familienbandes lieber geflohen.

Es lag ein langer Tag hinter ihm, als Theo die kleine braune Kugel in der Tasche seines Sakkos fand, sie auf den Nachtisch platzierte und sich schlafen legte. Er war nicht zufrieden mit dem Verlauf der Verhandlung. Aber er hatte gut gegessen, die Kinder schliefen und seine Frau räumte geräuschvoll das Haus auf. Die vertrauten Abläufe des Abends wirkten beruhigend und geradezu tröstlich.

Dann stand der eigentümliche Unbekannte plötzlich wieder vor ihm – mitten in seinem Schlafzimmer. „Nicht im Außen sollst du reisen – ins Innere darfst du dich bewegen", sagte er zu Theo. „Beginne deine Reise im Herzen, inmitten des Zentrums deines Schmerzes, reiße die Mauern ein und von dort aus bereise dich. Bestimmt findest du auf deinem Weg im Inneren dann Unterstützung im Kampf um deine Wahrheit, im Ringen um dein Licht."

Theo fühlte sich plötzlich todmüde und schlief ungewohnt schnell ein. Im Traum sah er seinen Bruder in einem dunklen Raum. Am liebsten wollte er sofort wieder aufwachen, doch es gelang ihm nicht, seinem Traum zu entrinnen. So sah er in die ausdruckslosen Augen seines Bruders, der merkwürdig leblos mit in sich verschränkten Gliedmaßen auf dem Boden des dunklen Zimmers lag. Ein diffuser Lichtstrahl von oben drang in den Raum des Traumes. Mit seiner Hilfe konnte Theo erkennen, wie dunkle Nebel die Fäden zu den Armen und Beinen seines Bruders ergriffen. Die Schattennebel hoben verschiedene Körperteile seines Bruders einzeln an und sortierten in langsamen Bewegungen die Gliedmaßen. Schon bald darauf bewegte sich die Marionette zügiger, fast sah es aus, als tanze sie. Dann langte die Hand der beweglichen Puppe, die aussah wie sein Bruder, auf den Boden, griff nach etwas und schmiss staubigen Dreck in seine Richtung.

Theo konnte nicht sagen, ob er getroffen wurde. Er hatte sich vom Geschehen, von dem Schauspiel der Marionette, gefangen nehmen lassen. So konnte sein Bruder weiteren Schmutz zu ihm werfen, zuerst nur den, dann flogen auch scharfe Messer und schließlich sogar Schwerter in seine Richtung. Theos Herz polterte los und er fing zu schwitzen an. Staatsanwälte, Richter und sein früherer Anwalt erschienen im dunklen Teil des Raumes. Eine Armada an Seelen, die in die ewigen Rechtsangelegenheiten mit seinem Bruder eingebunden waren, füllten die Szene. Sie schienen dem Verräter zu applaudieren, ihn gar anzufeuern. Hin und wieder blickte die Menge verächtlich in Richtung von Theo. Wollten sie sich versichern, dass er durch die gefährlich wirkenden Waffen auch tatsächlich verwundet wurde? Gar nichts traf ihn – er war nur Zuschauer in einem Film … eigentlich, so dachte er im Schlaf, war er nicht einmal wirklich im Raum seines Traumes zugegen. Dort war auch er lediglich eine Puppe, selbst nur eine Marionette der Hilflosigkeit, ein gescheiterter Versuch der Schöpfung. Als er endlich dem Spiegelgefecht seines Unterbewusstseins entkommen war, zeigte seine Uhr neben dem Bett, dass es 3 .23 Uhr war. Theo stand auf, trank wenige Schlucke Wasser direkt aus dem Wasserhahn und legte sich wieder hin. Kurz hatte er die Hoffnung, nun besser schlafen zu können.

Doch kaum lag Theo und war unmerklich eingeschlafen, fand er sich von einem neuen Traum eingenommen: In einem Zimmer, das ihn an einen Seminarraum der Universität erinnerte, schrieb er wilde, komplizierte Formeln an eine große Tafel. Der Raum war durch viele Fenster hell, es war angenehm warm im Saal. Theo atmete auf, das war sein Revier: Klarheit, logisch denken dürfen, Lösungen erarbeiten. Genau wegen dieses Gefühls hatte er das Ingenieurwesen studiert. Berechenbare Fakten vermittelten ihm ein Gefühl von Sicherheit. Der Blick auf die Tafeln ließ keinen Zweifel: Die Aufgabe war folgerichtig gelöst. Er war sich des Ergebnisses ganz sicher: „Genau so war es; so und nicht anders!"

Während er auf die Tafel blickte und ein zufriedenes Lächeln sich auf seinem Gesicht abzeichnete, bemerkte er, dass sich Menschen auf die freien Stühle setzten. Der Raum füllte sich wie schon im Traum zuvor nach und nach. Er erkannte die Gesichter der Richter und des Staatsanwaltes. Engagiert erklärte er den Zuhörern seine Formeln und seine tiefen Erkenntnisse, die allen im Raum mehr Klarheit bringen sollten. Nur hörte ihm keiner der Anwesenden auch nur annähernd zu. Niemand nahm ihn ernst. Teils schienen sie ihn sogar auszulachen. Oder wollten sie einfach nicht seinen Gedankengängen folgen? Theo fragte sich, ob irgendetwas vom Vortrag ablenkte: Vielleicht passte sein Anzug nicht mehr oder, schlimmer noch, hielt er seinen Vortrag gar nackt?

Gefangen im Schlaf und somit eingeschränkt in der Reaktion, verwarf er zunächst wieder den Gedanken. In zunehmender Verzweiflung erklärte er die Zusammenhänge seiner Formel und des daraus resultierenden Ergebnisses. Schließlich schaute er an sich herunter und erkannte, dass er über und über verdreckt war. Er sah erbärmlich aus: Zu seinen Füßen lag rostiger Schrott, vage war zu erkennen, dass ihn nun die Waffen umrandeten, die im vorherigen

Traum nach ihm geworfen worden waren. Betroffen fragte er sich, wie diese dahin kommen konnten. Als er wieder aufblickte und sich in seinem Raum umsah, war er allein. In dem Gefühl, leer und erschöpft zu sein, erwachte er.

Theo stand früh am Morgen auf und erschien absolut pünktlich in seinem Büro. Seine Assistentin lächelte ihn an und erkundigte sich, wie die Verhandlung bei Gericht gelaufen sei. Er grummelte etwas in ihre Richtung, was sie nicht verstehen konnte, doch sie blieb freundlich. Konzentriert nahm er sich seiner Tagesaufgaben an.

Als sich Theos Bürotür geräuschlos öffnete, trat der Fremde mit der langen Tunika ein. Erst als eine kleine braune Kugel an Theos Computertastatur zum Stillstand kam, schaute er irritiert auf und bemerkte so seinen Besucher. „Du hast deine Reise nach innen angetreten?", hörte er den unangemeldeten Besucher sich an ihn wenden. Das mit seiner warmen Stimme Gesagte war halb fragend und auch halb feststellend. „Erkennst du, wie dunkel das Schauspiel wirklich ist, in das du dich mit deinem Bruder und seinen bösartigen Helfershelfern verwickelt hast?" Der Unbekannte lächelte, während sein sanftmütiger Blick aus braunen Augen Theos ganze Aufmerksamkeit band. In beruhigendem Tonfall fuhr er fort: „Du brauchst Hilfe. Ich rufe dir dann, wenn du es brauchst, einen schützenden Engel in deinen Seelenraum … danach kannst du das selbst tun."

Theo wollte abwinken, doch etwas hielt ihn zurück. Als der Mann gegangen war, fragte er seine Assistentin, warum sie den

Unbekannten ohne Anmeldung hineingelassen hatte. „Da war niemand“, sagte sie verwundert. Theo schaute auf die zweite Kugel in seiner Hand und quittierte die Antwort seiner Mitarbeiterin mit Schweigen.

Das Unternehmen forderte Theos Tageszeit und auch sehr viel von seiner Lebenskraft. Nachts schrieb er Briefe an seine kluge Rechtsanwältin, teilte seine Gedanken zur Verteidigung, bemühte sich, aus Indizien Beweise werden zu lassen, Beweise zu überzeugenden Nachweisketten zusammenzufügen. Normalerweise schlief er die wenigen Stunden, die er sich dafür einräumte, fest und traumlos. Schlaf war nach seiner Einschätzung ohnehin eine nutzlose Zeit: Er sah sie als eine sich wiederholende unproduktive Phase, die sein Körper von ihm zwar einforderte, doch deren Zeitspanne er möglichst kurzhalten wollte.

Wenige Nächte später stand Theo wild träumend wieder in dem ihm bekannten universitären Seminarraum. An der Tafel war die neueste Beweiskette des anhängigen Gerichtsfalls schlüssig aufgeführt. Oder waren es doch nur Indizien? Er erkannte auf den Sitzen, die normalerweise den Studenten vorbehalten waren, einige Verbündete aus seiner Familie, hier und da einen Freund oder eine langjährige Freundin, dort saß eine Staatsanwältin, die ihm aus einem vorherigen Verfahren noch bekannt war, und der Richter aus dem jetzigen Verfahren saß auch im Raum. Sie hörten ihm zu.

Er fühlte einen aufgeregten Herzschlag und sich für einen kurzen Moment eigenartig lebendig. Doch da flog auch schon wieder der Staub durch den Raum und kündigte weiteren Unbill an.

Seine Rechtsanwältin stand auf. Sie bemühte sich, den Staub mit einem Schmetterlingsnetz in der einen Hand und einem Staubwedel in der anderen Hand einzufangen. Ihre Aktion war genauso hoffnungslos, wie sie wirkte. Und sein weißes Hemd ergraute zusehends. Dann erschien wie aus dem Nichts der Fremde mit der Tunika in seinem Traum. Er rief etwas und mit dem nächsten Luftzug bemerkte Theo einen blauen Engel neben sich. Theo beobachtete, wie der Engel nach hinten zwischen seine Flügel griff und ein Schwert zog, das so lang war wie der Engel selbst. In derselben Bewegung warf er das Schwert in Richtung des einströmenden Staubes, der nun auf halber Strecke wie eine Wand aus Schmutz auf die bis dahin feixenden Zuschauer niederregnete.

Theo, der das Atmen eingestellt zu haben schien, als er mit Dreck beworfen wurde, wachte von seinem eigenen Seufzer auf. Sein Herz klopfte bis zum Hals. Hatte der Fremde ihm nicht geraten, auf sein Herz zu hören? Diesem seinem Herzen schienen seine Träume nicht zu gefallen. Es war Theo bewusst, dass er schon lange nicht mehr auf sein Herz gehört hatte. Er legte die rechte Hand auf sein Herz und sprach beruhigend auf es ein.

Dabei hörte er nicht, wie der Fremde in sein Schlafzimmer eintrat. Er stand einfach plötzlich vor ihm und legte freundlich lächelnd eine dritte Kugel auf das Bett. „Bitte aus ganzem Herzen und dir wird geholfen", hörte Theo ihn sagen. „Rufe die edlen und guten Kräfte des Heiligen Geistes und lasse sie den Gang deiner Dinge bestimmen. Menschen allein, wie klug und gewandt sie auch immer sein mögen, werden den fliegenden Dreck nicht zurückdirigieren können."

Ungläubig, vielleicht sogar eher fassungslos, beobachtete Theo den Fremden. „Ich soll beten, ja?" Er fragte leise und mit belegter Stimme. Die Antwort war stumm: Sein nächtlicher Besucher legte seine Handinnenflächen aneinander und senkte seinen Kopf. Dann beendete er die respektvolle Geste mit einer angedeuteten Verbeugung.

Im nächsten Moment war der Unbekannte verschwunden. Er schien sich im Raum aufgelöst zu haben. Wer war er, war er ein Yogi, war er ein Guru, eine Fata Morgana oder nur eine Einbildung? Theo wusste es nicht. Er wollte schlafen, doch vibrierte sein Körper, während er Hoffnung in sich aufsteigen fühlte. Langsam drehte er die dritte Kugel in seiner Hand hin und her. Schließlich legte er seinen Kopf zurück auf das Kissen und fragte sich, ob er gerade etwas erlebe, was andere als „Wunder" bezeichneten. Egal, wie real der Fremde war, wo er herkam und hin entschwand: Er wollte ihm etwas Wichtiges mitteilen. Wie lange hatte er das nervöse Rumpeln seines Herzens in angespannten Situationen ignoriert? Und warum konnte er es sich erst jetzt, nach dem Hinweis eines Fremden, eingestehen? Theo wusste sich die Fragen, die seinen Kopf durchstreiften, nicht selbst zu beantworten.

„Das Herz", so überlegte er daher weiter, „steht für die Liebe. Das, was damals geschah, die Gewalt meines Bruders mir gegenüber, während wir beide noch Kinder waren, war alles Mögliche, aber bestimmt keine Liebe." Das gelegentliche Poltern seines Herzens hatte ihm ins Bewusstsein gerufen, dass der lebenslange Kampf mit seinem Bruder mittlerweile seinem Überleben schadete. Dass er, der Bruder, sein Leben beeinträchtigte, wusste er eigentlich schon sehr lange, gestand er sich ein. Nur hatte er im andauernden Kampf die Brisanz verdrängt.

Der Fremde hatte jetzt eine neue Komponente in den Ring des Lebens geworfen: die geistigen Kräfte, jene des Lichtes. Doch damit, so folgte Theo seinen Überlegungen, kannte er sich nicht aus. Genaugenommen hatte er sich gegen die Einbeziehung des Äthers, des fünften Elementes, gewehrt. Kurz erinnerte er sich daran, wie wenig Gefallen er als Kind an der Predigt seines Pfarrers finden konnte. Den Ritualen der Kirche konnte er ebenfalls wenig abgewinnen und so war der Glaube ihm fremd geblieben. Als es ans Steuernzahlen ging, war er sofort aus der Kirche ausgetreten. Und nun forderte ihn der Fremde zu nächtlicher Stunde auf zu beten, das war doch wohl mit seiner Ansprache gemeint? Theo schüttelte bei dem Gedanken an Gebete verneinend seinen Kopf und hatte zugleich das eigenartige Auftauchen des Fremden sowie sein bemerkenswertes Verschwinden vor den Augen.

Wen sollte er denn bitten, rätselte er weiter: „Gott, Jehova oder JAHWE, Manitu, Buddha, Jesus Christus oder die Engel?" Er wusste die guten Kräfte des Heiligen Geistes nicht wirklich zu benennen. Und er war sich unsicher, ob eine Anrufung all der Kräfte, die von jeher und besonders in herausfordernden Zeiten von Menschen angerufen wurden, die Lösung seiner Probleme war.

Doch die nicht mehr zu leugnende Präsenz des Fremden in den letzten Tagen hatte ihn an etwas erinnert, an das er schon vor sehr langer Zeit den Glauben verloren hatte, nämlich daran, dass sich Menschen von jeher in ihrer Not an jene unsichtbare Kraft wenden, die Himmel und Erde zusammenhält: „Sie sprechen zu etwas oder zu jemandem, der Lösungen aus dem Nichts erbringt, Hoffnungen nährt und von Heilung erzählt." Während seine Gedanken sein Gehirn entrümpelten und Platz für neue Sichtweisen schufen, wich seine Verwirrtheit langsam einem nächtlichen Entschluss: „Vielleicht kann ich in diesem Leben zusammen mit der Kraft der Liebe im Herzen und der Stärke des Lichtes himmlischer Kräfte doch die Umstände zum Guten bewegen – im ewigen Kampf mit meinem Bruder. Und obgleich sowohl in der Liebe funktional als auch in Glaubensfragen unerfahren werde ich den Rat des eigenartigen Fremden annehmen."

Angesichts der drei Kugeln wollte er nicht von einem imaginären Fremden ausgehen. Er fühlte sich nun bereit, sich für den ihm bislang unbekannten Raum zwischen den Welten, für das Unsichtbare und für den Raum des Glaubens zu öffnen: „Ich verstehe wenig von visionären Schattenkämpfen und himmlischen Mächten. Dennoch werde ich künftig den großen Geist, das allmächtige Gute, also das, was über allem steht, um Hilfe bitten", dachte er still und entschlossen. „Dann kann dieses Höchste seine Gesandten, die es gerne Engel nennen mag, mit meinem Schutz beauftragen." Hellwach und aufrecht im Bett sitzend stellte er sich vor, dass die geistige Kraft des Guten seine beflügelten Helfer vergleichbar anweist, wie er selbst auch seine Mitarbeiter bei Aufträgen einsetzte. „In meinem Unternehmen funktioniert das Prinzip ja", untermauerte er seine Überlegungen. Nachdem er die Summe seiner Erfahrungen der letzten Tage gedanklich strukturiert hatte, in unternehmerische Theorien und praktische Einzelschritte übersetzt hatte, jedenfalls in ein gedankliches Gebilde, mit dem er etwas anfangen konnte, fand er endlich Ruhe. Bei der Vorstellung, dass eine hohe geistige Kraft Engel zu seinem Schutz in die unsäglichen Verhandlungen schicke, erschien ein verschmitztes Lächeln auf seinem verschlafenen Gesicht und verlieh diesem einen ungewohnt jungenhaften Charakter.

Als er mit den drei Kugeln in der Hand eingeschlafen war, wuchs die Hoffnung in seinem Herzen weiter und erwärmte es. So war beides, sein Lächeln und die Hoffnung, bereit für den vor ihm liegenden Tag, als er am frühen Morgen zur gewohnten Zeit aufwachte, erste Sonnenstrahlen wahrnahm und die Vögel im Garten zwitschern hörte. Er schaute auf die drei kleinen Kugeln in seiner Hand – in ihrer eigentlichen Wertlosigkeit waren sie für ihn ein einzigartiger Schatz.

ENDE

Gebete und Tacheles mit Gott

Hat Theo weiterhin das Gespräch mit dem Göttlichen gesucht, als die Eindrücke der Begegnungen mit dem Fremden verblassten? Am Morgen nach dem nächtlichen Besuch des Fremden wirkte er hoffnungsvoller und zufrieden mit seiner Entscheidung, das Gespräch mit dem Göttlichen aufzunehmen. Doch wir wissen, wie sehr ihn seine täglichen Aufgaben in Beschlag nehmen. Wird die Macht des Alltags ihn also davon abhalten, künftig zu beten? Kann Theo, der sich längst von autoritären Glaubenssystemen losgesagt und die Bindung zu Kirchen, Priestern und anderen Vermittlern zum

Höchsten gebrochen hat, seine geistigen Kräfte aus eigener Kraft in sein Leben integrieren?

Mögen die folgenden Gebetsverse ihm den Anstoß dazu geben, die ihm geschenkten drei Kugeln ins Schweben zu bringen. So werden sich seine persönlichen geistigen Kräfte berufen fühlen, ihm viele weitere solcher kleinen braunen Bewusstseins-Kugeln zu senden und damit die Steine auf Theos Lebensweg ins Abseits rollen lassen …

So kann seine Welt schon bald eine ganz andere sein, für ihn und für jene, die in ihrem Leben einem Bruderzwist den Rücken kehren, um den Frieden im eigenen Geist zu schätzen.

Oh, mein Gott

Jetzt muss ich in dieses dunkle Bauwerk hinein
und darin zusammensitzen mit Menschen gemein.
Soll im gleichen Raum mit ihnen reden.
Sie tun so, als wollten sie mir vergeben.
Dabei nahmen sie mir doch meine reifen Reben.

So viel ist gelogen - ich kann es gar nicht fassen.
Meine Anwältin sagt einfach: bleib´ gelassen!
Sie geben mir die Schuld und scheinen mit sich rein
und mit meinen Ängsten fühle ich mich allein.
Schütz mich, begleit´ mich hinein in diesen Verein.

Solange schon dauert dieser heftige Streit,
zu kämpfen war ich, bin ich noch bereit.
Warum nur schlägt mein Herz mir bis zum Hals
und meine Knie, Herrgott, schlottern ebenfalls.
Dieser ganze Streit ist wahrlich keine Kleinigkeit.

So bitte ich dich, als deine Tochter, dein Sohn,
bringe mich keinesfalls um meinen Lohn.
Beschütze meine Güter, sei mein güt'ger Hüter.
Führe du bitte das Schwert gegen diese Lügner.
Das bringt dann Klarheit in die Kassenbücher.

Schenk mir einen wehrhaften Mantel zum Schutze
etwas, was den geworfenen Dreck wegputze.
Ein Tuch, mit dem ich geschossene Löcher verschließe.
Und Trost für die Tränen, die ich seit Tagen vergieße.
Das wäre frischer Wind in diesem Fall – eine neue Prise.

Dreh`die so schwarzen Illusionen um 180 Grad
Die Wahrheit, die meine, dafür halte ich parat.
Rede über deine lobend besungenen Engelszungen.
Lass´die wunderbar kämpfend Heerscharen,
stets weise und nur nach deinem Willen verfahren.

Ich baue mit dir auf freies Geleit – nach all dieser Zeit.
Ich bin für den Wandel des Falles, meines Seins bereit.
Bin entschlossen mit deinem Wort zu siegen.
Und mich zu verziehen - aus all´dummen Kriegen.
Schenk mir also den Schlüssel – nach deinem Belieben.

Ich ergebe mich dir und fühle es nun ganz deutlich:
den Mantel, das Schwert und den Flügelschlag.
Ganz neu ist das, so neu, dass ich denken mag:
Es gibt ein Wunder mit viel Zunder nach deinem Sinn.
Und damit wird es auch für mich ein Gewinn.

Ich hoffe, du siehst es. Das Lächeln in meinem Gesicht.
Ich fühle, nachdem dir alles erzählt und nun offen ist,
dass du, mein Gott, der alles für mich Regelnde bist.
Durch mein Herz ging ein kleines und großes Feuer.
Und ich erkenne: mein Leben ist dein Abenteuer.

So dank´ ich dir für Dein offenes Ohr.
Und hoffe, du nimmst meine Klage mit viel Humor.
Ich gehe also zum weltlichen Gericht
und weiß, ich gehe für Frieden, für eine Lösung,
für Wahrheit und Licht.

So sei es –
und ich bin dein.

Schöpfergott mein,

geehrt und angebetet magst du sein!
Hast geschaffen die Erde,
auf dass alles wunderschön werde!
Du machtest den Menschen und auch die Tiere
die Berge, Bäume und Seen.
Und sieh', es war bald geschehen.
Ja, es ist so fein, also frag' ich:
Warst du das wirklich allein?

Denn zugleich ist es so bös' und gemein.
Gar grausam wollen manche Kreaturen sein.
Zu oft ist es nicht zum Aushalten hier
und der Mensch schlimmer als dein Getier.
Unsere Seelen dann Schaden nehmen.
Kannst du dafür uns bitte Heilung geben?
Wenn mein Körper müde in die Knie geht
ist das meistens aus Not und nicht zum Gebet.

So bitte ich dich: schicke mir viel mehr Licht.
Mach´ aus meinem Leben ein schönes Gedicht:
Hol´den Himmel und deinen goldenen Thron
lieb und friedlich in mein Herz hinein.
Lass´ mich Glück, Liebe und Frieden schöpfen
- allein aus deinem höchsten Sein.
Deine Weisheit, deine Reinheit, deine Liebe
darf als Zeichen für alle in mich rein.

Schick´ den anderen, den dunklen Knecht,
in ein weit entferntes, kosmisches Eck.
Lass´ mich hier bitte nicht hängen,
fordere nicht den Ton von Kirchengesängen.

Sieh´ ab davon, mich in Litaneien zu pressen,
Nimm mich so, wie ich mit dir rede
und schenk´ mir ein Wunder, dass ich dich sehe.

Reich´ bitte dein Auge zu mir hier herunter,
vielleicht ist es dann hier unten bunter.
Oder du siehst, wie schwer es ist,
wenn schwere Dunkelheit die Seele frisst.
Dann spätestens willst du selbst sie befreien.
So dass die Liebe in mir wird gedeihen.
Freiheit wird dann zu meinem Credo.
Macht das meine Familie heil und froh?

Nun gut, vielleicht wird Letzteres nicht
für andere ein passendes Gericht.
Aber wenn ich wieder liebe,
und so im Leben wieder siege,
dann werde ich glücklich lachen.
Also bitte: lasse es Wunder krachen!
Schütte sie über mir gleich aus.
Dann sei ich auf deiner Erde zu Haus.

Amen

Himmel, Herrgott, Heiliger Vater,

ich rufe deine Lichtgeschwader,
den gesamten Superhelden-Kader,
zu entzünden den Funken
gegen die vielfältg´en Halunken.
Michael, bring mir den heiligen Schutz,
auf dass du dein heilig Schwert benutz´.

Dieser Erzengel mit dem blauen Gewand
stets goldene Hilfe aus der Not erfand.
So lass´ die Feuer hoch golden lodern
und Rest-Energien zu Humus vermodern.
Und wenn der Drachen noch so schwarz,
und grausam mich zu Boden trat.

Wenn Michael, den ich stets schamlos ruf´,
mir ganz schnell einen Schutzraum schuf,
ward mir ganz so hell und warm ums Herz
und schnell vergangen war der Schmerz.
Von ihm bekam ich sein heilig´Schwert
und das Schild von unendlichem Wert.

So rufe ich in diesem harten Moment
wieder einmal dein Michael-Regiment.
Kommt mit den Schwertern der Gerechtigkeit
kämpft gegen die Widrigkeit.
Siegt auch gegen die haltlos´ Obrigkeit,
wenn es dystopisch geht zu weit.

Amen

Transformationsgleiche für Beziehungsreiche

Ich bitte das Höchste, Gott in seiner Güte,
die heilige Mutter allen Seins in ihrer Blüte,
Christus, der bitte immerzu Böses verhüte
sowie die himmlischen Kräfte der Liebe,
also die Engel auf der Himmelsstiege,

um eine Lilie
für jeden, jede in meiner Familie.
Ich bitte um göttliche Gnade und einen Segen.
Möge Streit, wenn so gewesen, zu Frieden verwehen.
Unendlich Heilung darf in Liebe geschehen.

Und dann bitte ich um weiteren Segen,
für meine Freundinnen und Freunde,
bei Sonne und auch Regen:
Für unsere Gespräche und gemeinsames Tun
und auch in den Zeiten, wenn wir mal ruhen.

Und bitte, ich wünsche es mir sehr,
segnet mein Kollegenteam mehr.
Löscht all´ überflüssige Kommunikation
mit fälschlicher oder gar böser Vibration.
Öffnet das Tor für Klarheit und Regeneration.

Ich bitte überdies um himmlischen Segen,
gegen jeden Disput und verwerfliches Reden
mit oder von Nachbarn und all den anderen Wesen.
Möget ihr Engel die Wogen glätten,
und meine Welten voll Frieden bemessen.

Segnet bitte die Räume, die wir betreten,
mit göttlicher Harmonie und stillen Gebeten.
So erbitte ich Segen in vielfacher Weise.
Bin dankbar für die Hilfe in jedem der Bereiche,
so dass alles Störende in Christi Namen weiche.

So sei es!

Bruderstreit

Der Brüder Herz unendlich entzweit.
Der Grund ist häufig einfach Neid.
Ein Brudermord ist der Steigerung Leid.
Fußt auf uralter wahrer Geschichte,
verdient also eines der Gottesgedichte.

So hört: Seth, der Osiris vernichtete
und Isis so gar nichts davon berichtete,
konnte es später nicht verhindern,
dass Massen vorm Bullen erzittern,
da sie in ihm die Seel´von Osiris wittern.

Die Bibel weist gleich zu ihrem Beginn
hin auf den Mord, den Kain beging.
Hässlich und brutal in seiner Eifersucht
hat er danach Abels Gott um Gnade ersucht
und folgend ein besseres Leben versucht.

Wie soll eine Stadt in Frieden kommen,
bei deren Gründung Träume zerronnen.
Remus also, der sein Leben im Mord verlor,
weil Romulus, für jenen die Rache erkor.
Ein weiterer Brudermord – voll der Horror.

Gott, Göttin, wer schaut auf die Frauen,
die verwickelt im bruderzwistlichen Grauen,
Mördern nie mehr werden vertrauen?
Sie sind die Figuren nur am Rande,
Spielbälle der verletzten Männerbande.

Gott, meine Göttin, so helft mir bitte,
dass ich das Thema der Isis überblicke:
die die Liebe einst vom guten Osiris gewann
diese durch des Bruders Mörderhand verrann,
damit Seth über Osiris Land walten kann.

Und warum musste Adams holde Eva,
des alten Christengottes zweite Deva,
nach dem Fluch schmerzhaft, na klar,
ihrem Mann gebären den dritten Sohn
- im Wissen um des Mörders Lohn.

Göttin Rhea Silvia, die Mutter von Romulus
und Remus brachte hinein den Bruderexodus.
Durch die Ahnenbürde - Wiederholung ein Muss.
Denn auch ihr Vater starb durch Bruderhand
was Rhea Silvia mit zwei Mördern verband.

Gott, der Kain die Gnade des Mals gewährte,
Mars, der Romulus mit Göttlichkeit beehrte,
Osiris wurde von seinem Sohn Horus gerächt,
denn Isis Liebe hatte Seths Plan geschwächt
Also, ihr Göttinnen: steht auf und sprecht!

Schaut auch der männlich definierte Heilige Geist
mit Verständnis auf den kämpferischen Scheiss.
So, liebe Göttin, sieh´ bitte der Frauen Schmerz.
Zoll ihrem Mut deinen Respekt mit großem Herz
mit Spielen von Noten deines Himmelskonzerts.

So dank´ ich dir, meine Göttin für dein Gehör
und für mich als mein persönlicher Regisseur
und mein alleinig Liebesleben-Kompositeur

Scheu´ ich lieber die Nähe zu einem Bruderstreit
und such mir Männer, die zum Frieden bereit.

Da red´ ich lieber mit Gott und Göttin Tacheles,
vermeide das Unglück, ganz nach Aristoteles.
Danke auch den Engeln, meinen treuen Begleitern
und Bruderzwist im Familienrahmen Vermeidern
sowie allen anderen Friedens-Sachbearbeitern.
So sei es.

Vom Vergeben

Christus, du göttlicher Sonnenschein,
lass mich fühlen wieder seelenrein.
Gottvater, Göttin meines Seins,
bitte beim Zuhören bleibt's.

Jahraus, jahrein bin ich im Krieg,
über Jahre nun schon ohne Sieg.
Diese Schlacht soll den Kampf beenden.
Wie wäre es, wenn wir Frieden fänden?

So bitte ich: vergib mir in Liebe fein,
ich meine dich: das Höchste, in deinem Sein.
Lass´ Gewalt, Verrat und die Lügen
nicht länger uns um Einklang betrügen.

Gott schenke diesen einen Sieg uns beiden!
Dann können wir einander nicht beneiden.
Auf das „Opfersein" lege ich den Verzicht.
Und schreibe dazu gerne dieses Gedicht.

Rache, Vergeltung und anderes Tosen,
lass´ ich fortan, das mag ich hier geloben.
Will der Vergangenheit heute viel vergeben.
Bös´ Getanes und Gesagtes in Gnade legen.

Ich vergebe dir, mein Bruder und auch mir.
Schicke zum Göttlichen das ganze viele Papier.
Auf dass Geschriebenes zum Guten verwandelt werde.
Und als goldener Segenregen lande auf unserer Erde.

Dann sind du und ich glücklich, fröhlich und frei
und geben weniger Geld einer Anwaltskanzlei.
Wenn das Höchste dazu gibt den Segen,
dem Himmel das Vergeben kommt gelegen.

Vielleicht ist es gerade nur mein Traum.
Doch erhört vom Christus bekommt er Raum.
Dort wird er groß und mächtig - ganz famos.
Er wird dort bunter und kommt wieder runter.

Hier wird mein Traum dann wahr.
Und ich sehe darin null Gefahr.
Denn dann kommt es zur Versöhnung.
Frieden und Ruhe wird zur Gewöhnung.

Ich kreiere ab jetzt ganz ungeniert:
eine Situation, die ein Gespräch gebiert.
Wir sprechen dann schön mit Anteilnahme
bedienen Logik und zeigen Einfühlungsgabe.

So stelle ich weiter mir unsere Versöhnung vor.
Schluss mit der Verhöhnung, nimmer wie zuvor.
Mein Gott, du liebe Göttin mein,
mach's wahr und lass' endlich Frieden sein.
So sei es!
Fein!

Das Band der Ahnen

Eine Frage

Gott, meine Göttin ich muss mit euch reden.
Sagt mir, muss ich wirklich mit ihnen leben?
Seit Jahr und Tag versuch´ ich sie zu ignorieren.
Es hilft weder philosophieren, noch diskutieren,
die hinter mir werde ich nicht verlieren.

Gleich, wie weit ich die Welt bereise,
nur ganz kurz bei den Eltern verweile,
immerzu schonungslos weiter eile.
… und selbst wenn ich sie begraben habe,
sind sie bei mir, inmitten meiner Körperwabe.

Sie tun so, als wären sie gänzlich famos.
Ja, die Familie, die Ahnen werde ich nicht los.
Ich kann tun und machen, was ich will:
Bin ich in Gedanken an sie doppelt still,
ihren Schrei fühl´ ich – laut und schrill.

Kaum denk´ ich an die weiteren Ahnen,
die hinter mir stehen in lock´ren Bahnen.
Meint ihr etwa, ich sollte sie kennen?
Manche könnte ich gar mit Namen benennen.
Bei weiterem Wissen, müsst´ ich wohl flennen.

Wo waren sie, bei all der alten Geschichte?
Waren sie gut – sind sie bei euch im Lichte?
Machte das Malade oder die Historie sie zunichte?
Der Schmerz, den ich im Rücken habe,

der ist von ihnen – keine Frage.

Sitz ich still, hör ich eure Engel sagen:
„Waren vor dir da, sind nun aufgefahren.
Läufst gedankenlos auf ihren Wegen –
nahmst ihr Geschenk: den gütigen Familiensegen
und schwingst gegen sie deinen Jammerdegen."

So weiß ich, ich muss in mich gehen.
Perspektive ändern, es anders sehen.
Ich hör ein Flüstern hinter mir:
„Geh weiter, lieb Kind, wir sind bei dir.
War zu schwer in unserer Zeit, doch du probier´."

Engelsruf zur Familienfeier

Mittags nehme ich eine Stimme wahr.
Fein und rein, auch im Gesang ganz klar:
„Lad´ sie ein mit Lob und Respekt
in einer Art, die ihre Neugier weckt."
Also bin ich geliebt, ich war nur angeeckt.

Die Einladung der Ahnen bring ich zu Papier.
Und bitt´ die Engel um Bereitung von Himmelselixier.
„Familienfest im großen Versammlungs-Seelenraum
An lichtvoll Speisen und selig Musik mangelt es kaum"
Sie werden kommen – ich bin voll Vertrauen.

Zieh dich einen Moment mal zurück von der Außenwelt.
Setz dich, nimm den Aufzug im lichten Säulenfeld.
Und ohne Gebimmel tritt ein in den kristallinen Himmel.
Grüße mir die Ahnen – auch jene, die sich nicht benahmen.
Frag´ sie nach ihrem Groll, den Schmerzen, die sie bekamen.

Sei mutig, zögere nicht und geh´ noch weiter,
frag´ sie nach dem Hindernis auf der Himmelsleiter.

Wo wollen sie werden noch besser, höher, weiter?
Wo fühlen sich deine Ahnen belogen und betrogen?
Welche Erdenaufgabe genau hattet ihr gezogen?

Ich tat wie mir geraten – zurückgezogen im Privaten.
Sie sollten mir erzählen von ihren Taten.
So traf ich sie im weißen ganz hellen Raum.
Eine Ahnin, alt und mit weißen Haaren:
„Lieb´ Kind, kommst zu uns in den Himmel gefahren.“

Sie hatte mir einiges zu erzählen.
Sie bat die Männer, die Schwerter nachzuzählen.
und dann deren Abgabe an Gott zu wählen.
Dann legten die Damen ihr Korsett danieder.
Rund um sie regnete es lilablauen Flieder.

Das nächste Mal erzählten sie mir ihr Leid,
zeigten den Weg, es schien, die Strecke war weit.
Sie fragten: „Sind wir bereit? Ja! Jetzt verzeiht!“
Sie legten ihre Muster ab und entließen die Lüge,
ergaben sich der Gnade, so lösten sich die Flüche.

Und dann, als das Band der Liebe sie verband,
das Schlechte bereut, Lebens-Aufgaben erkannt,
Verletzungen geheilt, Ruhe kam in Herz und Verstand,
begannen Engel die Sinfonie der Monade zu spielen
zum Lachen und Tanzen auch Musik in anderen Stilen.

Mein Erkennen

Gott, meine Göttin ich wollt´ euch sprechen.
Habe nunmehr gelöst ein Gedankenverbrechen.
Ich verschrieb mich neu der Ahnensegnung.
So tauchte ich ein in die Geisterbegegnung,
räumte auf und es kam zur Seelen-Entgegnung.

Hab´ begonnen meine Herkunft zu ehren.
Werd´ mich zum Lieben meiner Wurzeln bekehren.
Und lass´ mich nun auch von Ahnen belehren.
Sagte ich einst, es geht mich nichts an,
weiß ich heute, sie wissen, wo es begann.

Sie kennen unseres Familiengeistes Ketten
und den Plan vom irdischen Familientreffen.
Es geht ums Lieben und ums Seelen retten.
Meine Familie hat eine reine Gottesgabe,
die gleiche Aufgabe, die auch ich hier habe.

Wer bin ich also hier zu richten: über Schmerz,
die alten Flüche und seitliche Liebesgeschichten.
Mag hören ihre Pein – bis in mein Herz hinein
und unendlich viel Weisheit ist auch im Gebein.
Den Rest schreibt ein Engel ins Familienbuch rein.

Mag bitten um unendliche göttliche Gnade,
für die Ahnen vor und hinter der Fassade.
So schreibt sich mein Gebet als Ballade.
Will nun durchfluten die Ahnen mein
mit der heut´gen Liebe aus neuem Sein.

Und sieh', als ich mit dem Lieben begann,
jegliche Ablehnung des Ahnenstamms in mir zerrann,
der gute Aspekt meiner Linie zu arbeiten begann.
So lasst violette Flammen aus göttlichen Sphären
die Traumen der Ahnen fressen und Frieden gebären.

Räumt die Flüche aus unseren Genen,
lasst ins Licht das Leiden, das Dunkle drehen.
Und falls ich selbst zwischen den Ahnen stand,
vergebt mir zum Besten - auch für's eigene Land.
Zu stählen notwendig ist dieses Erdenband.

Klärung

Meine Geschwister mögen davon nichts wissen.
Es übertrieben finden – diese, meine, eure Kulissen.
Doch trag' ich heute freudig ein neues Gewand
aus 1000 Fäden der Ahnen gesponnen im Verband
und spürte, wie der Schmerz im Rücken verschwand.

Dankbarkeit überraschte mich in meinen Ahnen-Genen,
ist neu für mich und zeugt von geläutertem Benehmen.
Ein Gefühl von dieser Größe lern' ich erst anzunehmen,
den Engeln und Ahnen zu danken, komme ich nicht umhin.
Der größte Dank geht an euch, geliebter Gott, meine Göttin.

In anderen Kulturen war es kein Geheimnis,
dass bei den Ahnen, in ihrer Linie, „daheim" ist.
An ihren Wurzeln sind sie ganz unbeschnitten,
in ihrer Seele klarer, dort wird weniger gelitten.
So wollt' ich alles Ahnen-Bashing mir verbitten.

Denken sie, dass unser altes Landesgewächs: die Eiche
vor dem Charakter der Wüstenblume weiche?
Die oft verweht, das Herz nimmer erreiche.
So lade ich die Ahnen ein, sich zu feiern und zu einen,
zu unserer Freude, ihren Ehren und zu meinen.

Und nun sage ich: „DANKE" zu den Ahnen,
den Göttlichen und ihren Engelein.
Ich bin wohlig in mir daheim
und dennoch niemals nicht allein.
Amen, so sei es – nun ist es fein!

Wenn das Ende gerufen wird

Benedict hielt den Zettel mit ihrer Mobilfunknummer in der Hand. Er hatte ihre Kontaktdaten bei einem Treffen mit seinem Schulfreund bekommen. Dieser hatte ihre Telefonnummer auf einem Jahrgangsjubiläum ergattert. 25 Jahre nach dem Abitur hatten sich die ehemaligen Schüler zum Feiern zusammengefunden. Benedict hatte sich schon zwei Jahre zuvor mit den Schülern seines Jahrgangs getroffen.

Sein Freund erzählte von ihr beim gemeinsamen Bier. Und er hatte die Telefonnummer bereits auf einem eigenen Zettel für Benedict notiert. Seit vorgestern hütete Benedict also den Zettel in der Tasche seines Sakkos wie einen Schatz: der Schlüssel zu einem Treffen mit dem Mädchen, von dem er in der Oberstufenzeit geträumt hatte. Es dauerte noch einen dritten Tag, bevor er ihre Telefonnummer schließlich anwählte.

Als die beiden sich in einem Café gegenübersaßen, hätte kaum jemand vermutet, dass sie früher auf dem Schulhof zusammengestanden hatten und fast gleichalt waren. Er schaute in ihr gepflegtes und doch kaum geschminktes Gesicht. Sie war im Laufe des Lebens runder geworden, weicher und weiblicher. Ja, seine Freundin von damals war immer noch eine schöne Frau. Sie sah, wie schmal er geworden war und grau sei er im Gesicht, fand sie. Sie würde schon noch erfahren, was ihm so zu schaffen machte, dachte sie und strahlte ihn dabei an.

So manches wussten sie über das Leben des anderen. Der allgemeine „Schulfunk der Ehemaligen" hatte grob die Lebens-Eckdaten der ehemaligen Mitschüler herumgetragen. So war es nicht ausgeblieben, dass diese beiden die Nachrichten über den jeweils anderen aufgenommen hatten. Auf seine Fragen hin erzählte sie freimütig und gut gelaunt Anekdoten aus ihrem Leben der letzten Jahre.

Er erzählte über seine Firma, seine Frau und die Kinder. Darüber, dass er immer noch für mittelalterliche Architektur schwärmte und nun zusammen mit seiner Familie die bekannteren Bauwerke, von denen er manche für ein Wunderwerk der Handwerkskunst hielt, bestaunte. So plauderten sie eine Weile miteinander und sie konnte nicht heraushören, was ihn so belastete, dass es ihn sein Strahlen gekostet hatte. Als sie schon dabei waren, sich zu verabschieden, fragte sie sanft: „Erinnerst du dich eigentlich, wie sehr ich damals in der Schule in dich verliebt war?"

Er lächelte und schaute verlegen nach unten. Deswegen hatte er sie ja angerufen. Ihre Loyalität war bedingungslos gewesen. Sie hatte immer hinter ihm gestanden, ungeachtet dessen, was er sich im jugendlichen Überschwang an Eigenartigem ausgedacht hatte. Sie war eine Meisterin darin gewesen, ihn zu verteidigen oder eben, ihn zu entschuldigen. Waren die Wogen geglättet, ging sie weiter, als sei nichts gewesen. Und er hatte es ihr mit unverhohlenem Respekt und der Anerkennung von seinen kindlichen Anteilen gedankt. Aber war es Liebe gewesen? Er wusste es sich nicht zu beantworten.

Mit der Zeit hatte es ihn gestört, wenn er sich von ihr gesehen fühlte. Manchmal war ihm ihre Bedingungslosigkeit in ihrer Begegnung peinlich gewesen. Später fühlte er sich von ihrer vorsichtigen Art zurückgehalten. „Sie hat ein hübsches Gesicht, aber da ist nichts dahinter", hatte er jemandem anvertraut. Ehrlicher wäre es gewesen, wenn er gesagt hätte, dass er ihre sensible Art der Wahrnehmungen nicht in Einklang mit seinem eher draufgängerischen Leben sah und dass er damals noch nicht wusste, was Liebe war. Es war sein Stolz oder vielleicht auch seine Angst, die den Zauber zwischen ihnen stückchenweise zerbrach, resümierte Benedict vor sich selber. Und einer Loyalität wie der ihren war er später nicht wieder begegnet.

„Du hast die ganze Zeit andere Mädchen ausgeführt und mir stolz von deinen Abenteuern erzählt", hörte er sie in seine Erinnerungen hinein sagen. Mit ihrem Lachen tarnte sie die Verletzungen, die er heute nicht mehr ungeschehen machen konnte. Sie erinnerte sich an die Mädchen mit langen blonden Haaren und bauchfreien T-Shirts und daran, wie er diese auf dem Schulhof abgeknutscht hatte. „Ja, so war es wohl, dir habe ich dafür vertraut", gestand er ein. Er hatte jene Mädchen ausgeführt, mit denen auch die anderen Jungs, wenn sie dazu eine Chance bekommen hätten, ausgegangen wären.

Nur unter Protest hätte sie selbst derart gekleidet das Elternhaus verlassen und in die Schule gehen können. Noch schwieriger wäre es für sie gewesen, mit ihm auf dem Schulhof herumzuknutschen, überlegte sie. So schwieg sie einen Moment, bevor sie ihm in seine graugrünen Augen blickte und die Situation auf ihre Art beschrieb: „Die so oft unbeachtete Kraft eines Mauerblümchens liegt darin, selbst durch Asphalt wachsen zu können, bevor sie der Welt eine Blüte zeigen kann. Und meine in der Mauer- oder Mörtelritze verborgene Knospe zeigte sich damals nicht." Sie legte die Worte in einem provozierend beiläufigen Ton wie eine Brandmauer zwischen sie beide.

Bendict schaute zum Fenster des Cafès heraus auf den kleinen Stadtparksee. Es war trüb draußen. Die Sonne zog sich langsam schon aus dem Tag zurück. „Es gab später kaum jemanden, der so sanftmütig und nachgiebig zu mir war. In deiner Nähe fühlte sich mein Herz weit und wohlig. Doch es war in deinem Umfeld immer kompliziert, so zog es sich lieber wieder zusammen." Sie lächelte ihn zum Abschied an und verließ mit immer noch leicht wippenden Locken und schwingenden Hüften das Café.

Auf der Fahrt nach Hause, zu seiner Familie, ließ er die Begegnung mit seiner „alten" Schulfreundin Revue passieren. Warum hatte sie ihre Karriere als Psychiaterin aufgegeben? Warum hatte sie sich derart aus dem Leben zurückgezogen. Warum hatte sie nie geheiratet oder Kinder bekommen. Er hatte ihr immer noch hübsches Gesicht vor seinem inneren Auge, manchmal verschwamm es mit dem Grau der Straße ein andermal schaute es ihn vom Waldrand neben der Straße aus beim Fahren zu.

Sie hatte gesagt, sie erzähle heute den Menschen ihre eigene Geschichte. Sie überbringe ihren Zuhörern, oft Teilnehmern in Gruppen, die Botschaft ihrer Seelen, so wie sie sie empfange.

„Weißt du, die Seele ist die Psyche unseres unsterblichen Anteils. Sie, die Seele, erzählt unabhängig von den Begrenzungen durch Raum und Zeit“, hatte sie gesagt. Er hatte sie verwundert gefragt, ob sie davon leben könne. Sie hatte daraufhin nur geantwortet, dass es für sie reiche. Was sie erzählte, klinge nach purem Zeitvertreib, hatte er sich dann noch gedacht.

Abends vor dem Einschlafen schrieb er ihr eine SMS:

„Danke für den schönen Nachmittag mit dir. Erzählst du mir meine Geschichte? Was berechnest du für die Geschichte – exklusiv nur für mich, ohne Gruppe“?

„Gerne!“ – funkte es zurück. Sie überlegte kurz, ob sie ihm die Geschichte, seine Seelenbotschaft, schenken solle, entschied sich dann aber dafür, ihm ihren Preis für die Erzählung von seiner Geschichte zu nennen. „Wann hast du Zeit?“ fragte er noch, bevor er das Mobiltelefon weglegte und das Licht seiner Nachttischlampe ausmachte. „Dienstag in acht Tagen – 15.00 Uhr. Passt das?“, las er als erstes, als er am Morgen wieder aufwachte.

Es passte. So bestätigte Benedict den Termin und rief sie zum vereinbarten Zeitpunkt an. Das Gespräch begann in dem unverbindlichen Plauderton, den sie so gut zu beherrschen schien. Sanft lenkte sie ihn dahin, Angaben aus seinem Leben zu machen… und er erzählte von dem Rechtsstreit mit seinem Bruder, der ihn viel Zeit und Kraft kostete und dass er zu viel Zeit im Büro verbringe. Es fehle ihm an Unterstützung, ergänzte er leise. Unerwähnt ließ er, wie sehr seine Ehe darunter litt, dass sein Unternehmen mit den zusätzlichen Streitigkeiten ihm so Alles abforderte.

Kurz schwieg sie, dann fing sie an zu erzählen:

„18. Jahrhundert nach heutiger Geschichtsschreibung, genauer: um 1760. Ich sehe einen blonden Jungen – zu der Zeit damals. Sie klang ruhig und konzentriert, als sie seine Aufmerksamkeit mit einem: „Höre zu", einforderte:

„Er hüpfte an der Hand seiner Tante auf dem Weg, der zu einem großen Hof führte. Der blonde Junge mochte seine Tante sehr und genoss die zweisame Zeit mit ihr. Seine Tante, die jüngere Schwester seiner Mutter, hatte sich von seiner Geburt an liebevoll um ihn gekümmert. Jahreszeiten entsprechend trug sie ein rostrotes, fast braunes und warmes Kleid, um ihre Schulter war ein gestricktes Tuch aus Schafwolle in gleicher Farbe geschlungen. Es wirkt auf mich so, als sei man auf dem Hof nicht unvermögend.

Als der Hof hinter der nächsten Wegbiegung zu sehen war, wurde der Junge, der auf den Namen Hannes hörte, ruhig. Immer wieder schien er hinter dem weiten Rock seiner Tante fast verschwinden zu wollen. Diese lachte aber nur und empfahl ihm mehr „Rückgrat". „Du musst aufrecht gehen und immer schön tief durchatmen", empfahl sie ihm. Als er am Tor des Hofes sich wieder hinter ihr zu verstecken versuchte, flüsterte sie sich zu ihm hinunterbeugend: „Du bist viel stärker als Du denkst."

Sie wusste, dass der ältere Bruder des kleinen Hannes keine Gemeinheit auslieẞ, ihrem Lieblingsneffen das Leben zur Hölle zu machen. Heribert hasste Hannes. Ein unterschwelliger Vorwurf, für den Verlust der geliebten Mutter verantwortlich zu sein, schien sich in jedem Moment, in dem Heribert auf Hannes traf, bemerkbar zu machen. Vielleicht war es weder dem Vater noch der Tante rechtzeitig gelungen, Heribert zu erklären, dass der Tod einer Mutter bei der Geburt des Kindes ein Schicksalsschlag war, der außerhalb des Willens einzelner lag, insbesondere bestimmt nicht dem Willen und der Absicht eines neugeborenen Jungen entsprach.

Wenn allerdings die junge Tante Heribert beobachtete, zweifelte sie, ob Heribert wirklich seine Mutter so vermisste. Sie überlegte, ob Heribert nicht einfach nur als schlechter Mensch auf die Welt gekommen war, ein Mensch von der Art, denen man gar nichts Gutes, Schönes oder Wahres erklären konnte, weil ihm das Staunen für die wundersame Magie des Lebens fehlte. Schlimmer noch: in den Begegnungen mit dem kleinen Heribert verspürte sie ein Unbehagen. Sie wollte, nein, sie konnte ihn nicht warmherzig umarmen und beschränkte sich so darauf, ihn pflichtgemäß zu versorgen.

Man hatte dem Vater der Buben schon bald nach dem Tod seiner Frau empfohlen, die jüngere Schwester zu heiraten. Das wäre für alle das Beste, so munkelte man im Dorf. Für die wortkarge Verweigerungshaltung des Witwers gab es auf seinem Hof und in seiner Nachbarschaft wenig Verständnis, zumal es für ihn bei vollen Bürgerrechten so einfach war, die Erlaubnis zur zweiten Heirat vom Dorfrat zu erlangen.

Aber er wollte nicht, er hatte sich noch nicht einmal die Mühe gemacht, zu erkunden, ob sie oder ihre Eltern an der Verehelichung interessiert gewesen wären. Man einigte sich in der Familie lediglich darauf, dass die Schwester seiner verstorbenen Frau die kleinere Stube unter dem Dach bezöge, und die Mägde des Hauses sich die andere Stube teilen sollten. Zögerlich, weil ihr die Dienstmädchenkammer nur wenig entsprach, willigte die junge Tante in die Lösung ihres Schwagers ein. So hatte sie sich liebevoll um das Baby gekümmert und, so gut sie es vermochte, auch um den widerspenstigen, drei Jahre älteren Bruder Heribert.

Die Tante der Jungen lehrte sie beide das Lesen, die Grundrechenarten und gab ihnen weiter, was sie zuvor lernen durfte. Hannes fand Freude am Wissen, Heribert am dem im Lernen in der Gemeinschaft inne liegenden Wettbewerb und insbesondere am häufigen Siegen über den jüngeren Bruder. Nach dem gemeinsamen Mittagessen schickte sie die Brüder zur Bewegung an der frischen Luft nach draußen. Dort trennten sich ihre Wege bis zum gemeinsamen Abendessen. Während Heribert nun seine körperlichen Kräfte mit den Knechten des Hofes oder einigen Jungs aus der Nachbarschaft maß, rief Hannes nach „seinen Gänsen". Diese kamen, sobald sie seinen Ruf hörten, freudig schnatternd angelaufen. Zusammen mit den Gänsen ging er dann an den Teich und schaute den Enten bei ihren Spielen zu. Früh schon war ihm die Verantwortung für das Wohlergehen des Federviehs vom Hof übertragen worden. Was andere als lästige Aufgabe hätten sehen können, war für ihn eine Erlösung: Es gab keine bessere

Begründung, sich sowohl härteren Arbeiten am Hofe wie auch gröberen Spielen der Jungenbande zu entziehen, als die Aufgabe der Fürsorge für die Gänse und Enten.

Hin und wieder brachte er von seinen Ausflügen am Hofteich Enteneier mit nach Hause. Diese galten damals als Delikatesse und wurden von seiner Tante und den Mägden gerne zum Abendessen auf den Tisch gebracht. Freudig erzählte Hannes nach seinen Ausflügen der Tante von seinen Beobachtungen am Weiher. Es faszinierte ihn, dass sich die Wildenten mit den Hausenten paarten und dass daraus ganz neu gemaserte Enten hervorwuchsen. In jenen Momenten vor dem Abendessen fühlte er sich als Held der Küche. Im Herbst berichtete er vom reduzierten Entenbestand – gelichtet durch die Jagd, aber auch durch den Abflug der Wandervögel. Das waren Zeiten, in denen er den Trost seiner Tante genoss.

In der Hofküche entschied er, den Demütigungen seines Bruders die Bedeutung zu nehmen. Und er lernte in diesen Stunden vor dem gemeinsamen Essen auf sein Herz zu hören, das nach der Ansicht seiner Tante der eigentliche Schatz des Menschen war. Die Momente, in denen sie beide gemeinsam lachen konnten, waren Hannes heilig. Es waren die Momente, in denen sich der Glaube seiner Tante an ihn in seinem Gemüt verankerte.

Es war der Sommer, in welchem sich das Dorf beim Gottesdienst zur Fertigstellung der neuen Kirche versammelte. Sogar ein Brief des Kurfürsten zu Bayern wurde beim Gottesdienst verlesen. Abends wurde zum Tanz geladen und die junge Tante hatte sich schon lange darauf gefreut. Zusammen mit den zwei

Jungen hatte sie sogar beim Schmücken des Dorfplatzes geholfen. Und nachdem das Fest vorüber war, hatte ein junger Mann aus dem benachbarten Dorf sich nach reiflicher Überlegung aufgemacht, bei ihren Eltern um die Hand ihrer jüngsten Tochter anzuhalten. Als die Hochzeit des Paares bevorstand und es absehbar wurde, dass seine Schwägerin bald auszöge, entschied der verwitwete Vater sich, seinen Sohn Hannes mit einer Spende zur weiteren Erziehung in ein nahes Kloster zu geben. Heribert, der ältere Sohn, der mittlerweile ja schon fast ein junger Mann war, sollte auf die Weiterführung des Hofes vorbereitet werden.

Hannes gefiel zwar das Klosterleben nicht besonders gut, aber er akzeptierte die Entscheidung seines Vaters und war durchaus froh, seinem Bruder damit entkommen zu sein. Im Kloster fand er Freude an der Kräuter- und Baumlehre. Mit Begeisterung widmete er sich dem Studium der Heilwirkung von Pflanzen und erlangte zunehmend Wertschätzung als Kräuterkundiger im Kloster. Als Erwachsener verließ er das Kloster, um in der Nähe seiner klösterlichen Heimat seine gut sortierte Kräuterstube zu eröffnen. Sein Wissen um Pflanzen heilender Wirkung hatte sich bald herumgesprochen, so kamen von nah und fern Menschen und erwarben vom ihm Wässerchen, Cremes und getrocknete Kräuter.

Niemand wunderte sich also, als eines Tages eine Kutsche vorfuhr und ihr ein Mensch mit schwarzem, weit wehendem Mantel entstieg, den Hut tief nach unten gezogen. Gekleidet war die Person im männlichen Stil der Zeit. Hannes hielt es aber auch für genauso möglich, dass sich unter dem für einen Mann geschneiderten

Wollmantel und in den groben Stiefeln, ein weibliches Wesen verbergen könnte. Als sie anfing zu reden, hörte er tatsächlich die leise Stimme einer Frau. Er kannte sie nicht. Als sie zu ihm heraufschaute und damit ihr Gesicht freigab, lag Sanftmut und Stärke zugleich in ihrem Blick.

Sie bat ihn um die Füllung ihres Ringes mit einem schmerzbetäubenden Elixier. Er zögerte, wies sie zunächst auf die Gefährlichkeit des Gebräus hin und dass man die Tropfen stets genau abmessen müsse, doch als sie nicht lockerließ, lud er sie in seine Kräuterstube ein. Ihre Bewegungen waren stockend, einige Gelenke offensichtlich schonend und ihr Gesicht beim Gehen von Schmerzen gekennzeichnet.

So füllte er schließlich den schönen Ring von ihrer Hand auf, den sie ihm wortlos übergeben hatte. Die Anwendung und Wirkungen erklärend, übergab er ihr noch einige beruhigende Kräuter sowie solche mit heilender Wirkung im Tausch gegen die von ihr ihm hingelegten Silberlinge.

Wenige Tage später wurde Hannes gerufen: sein Bruder sei unvermutet verstorben. Die Witwe sei kinderlos und man sei zum rechtlichen Ergebnis gekommen, dass er seine Schwägerin als Vormund in den geschäftlichen Angelegenheiten des elterlichen Hofes führen möge. Er hatte seinen Bruder und den Hof seit der Beerdigung des Vaters nicht mehr gesehen. So bestellte er sich eine Kutsche und ließ sich ohne weitere Umschweife zum ehemals elterlichen Hof fahren. Er war überrascht, als er beim Aussteigen aus der Kutsche in die Augen jener Frau schaute, der er einige Tage zuvor den Ring mit dem schmerzstillenden Elixier gefüllt hatte. Vorsichtig nahm seine Schwägerin Blickkontakt auf. Es war nicht schwer aus ihnen die Nachricht zu lesen, dass sie seinen Bruder vergiftet hatte.

Hannes musste erkennen, dass er unwissentlich seiner Schwägerin das Gift für einen Mord an seinem Bruder gereicht hatte. Nur ein kurzes Aufstöhnen erlaubte er sich. Dann hatte er sich sogleich im Griff. Sowohl ihre wie auch seine Situation erfassend, sah er keinen Grund, ihr gemeinsames kleines Geheimnis preis zu geben. So wie es jetzt war, war es für alle Beteiligten am besten; darin war er sich sehr sicher.

Als Hannes sein Geburtshaus betrat, fühlte er sich noch unwohler als während seiner Kindheit. Mit dem Gedanken, dass er irgendwie mit den Toten des Hauses, also seiner Mutter, seinem Vater und seinem Bruder, verbunden sei, regelte er erste Angelegenheiten. Er autorisierte den alten Knecht mit der Bestellung der Felder und Verpflegung der Rinder und Schweine. Die wenigen Tiere auf dem Hof waren in einem erbärmlichen Zustand und brauchten dringend mehr Licht und besseres Futter. Allein die Gänse, die er schon als Kind so sehr geliebt hatte, konnten ein Lächeln in sein Gesicht zaubern.

Der Knecht hatte sich schon länger in sich selbst zurückgezogen, anders war das Erscheinungsbild des Hofes nicht zu erklären. Jedenfalls konnte sein Bruder keine Liebe zum elterlichen Haus gezeigt haben, sonst hätte er sein Geburtshaus in einem anderen Zustand vorgefunden.

Hannes war entschieden, dem Umstand der Tötung seines Bruders weiterhin wenig Bedeutung zuzumessen. Am Totenbett Heriberts genügte ihm die Gewissheit, dass er tot war und dass keine Spuren einer Vergiftung zutage getreten waren. Die Augen waren durch Münzen verschlossen und der Kiefer hochgebunden, so dass sich der Mund nicht wieder öffnen konnte, der Geruch von Weihrauch zeugte davon, dass auch der Priester schon seine Pflicht erfüllt hatte. Das wächserne Gesicht seines Bruders wirkte verkrampft, fernab von Frieden, sah ungewaschen und unrasiert aus. Er wies seine Schwägerin an, die Nachbarinnen zu informieren, damit sie ihr bei der Herrichtung des Leichnams helfen könnten. Doch das lehnte sie erschrocken ab. So musste er sie nachdrücklich bitten, doch stark zu sein, Kuchen zu backen und den Tod durch die Nachbarinnen wenigstens beklagen zu lassen, bevor er selbst das Gesicht des Toten rasierte und mit einem alten Lappen abwusch. Danach sah er den fast ärmlichen Nachlass durch und half bei den weiteren Vorbereitungen zur Beerdigung des Verstorbenen.

Er hatte an dem Tag genug gesehen, seine Schwägerin konnte die blauen und grünen Merkmale ehelicher Gewalt an Stellen, die die Trauerkleidung nicht bedeckten, kaum verbergen und er wollte gar nicht genau wissen, was noch so alles in der Ehe geschehen war. Einziger Lichtblick blieb, als ihm die geliebte Tante seiner Kindheit entgegenkam. Sie war in seinen Augen immer noch schön und sah in allem das Gute. Herzlich nahm sie ihn in den Arm und bewunderte offen, wie gut er sich gemacht habe, bis er vor freudiger Scham lieber in den Boden versunken wäre. Sie brachte unversehens die Sonne zurück in sein Herz, genauso wie sie es schon in seiner Kindheit getan hatte.

Er bedauerte es sehr, dass sie so bald wieder aufbrechen musste, aber sie versprach am nächsten Tag zu Kaffee und Kuchen vorbeizuschauen, um der trauernden Witwe unter die Arme zu greifen. Als sie den Hof verließ, kam er nicht umhin seine Tante dafür zu bewundern, wie perfekt sie darüber hinweg ging, dass dieses Haus voll Schmerz, aber bestimmt nicht voll Trauer war.

Nicht ohne die Kinder seiner Tante kennen und lieben gelernt zu haben, kehrte Hannes in seine Kräuterhandlung zurück. Hin und wieder mietete er fortan eine Kutsche, um auf dem Hof seiner Schwägerin nach dem Rechten zu sehen und kurz bei seiner Tante vorbei zu schauen.

Nach Jahren der Zurückgezogenheit traf er eine liebe Frau und hielt nach nur kurzer Bedenkzeit verlegen bei dem Vater um ihre Hand an. Da er ein solides Einkommen, einen Hof und einen guten Leumund vorweisen konnte, war man sich schnell einig. In der Dorfkirche erhielten sie eines Sonntags ihren Segen und sie zog daraufhin in sein kleines, aber solide gebautes Haus mit dem großen Garten ein.

Sie bekamen drei gesunde Kinder, die ihr Haus mit geradezu verbotenem Lachen füllten und ihn an die Fähigkeit, aus Trauer zu Weinen erinnerten. Gelegentlich fuhr Hannes auch weiterhin mit seiner Familie auf den Hof, auf dem seine Schwägerin lebte, kümmerte sich um die anstehenden Verwaltungs-angelegenheiten, brachte Heilkräuter für Mensch und Tier und freute sich daran, dass der Hof zwischenzeitlich prosperierte. Ruhe und Frieden war in sein Herz eingezogen. Selbst das sanfte Nagen, dass er unbeabsichtigt einen Teil, vielleicht eine Mitschuld, am Tod seines Bruders hatte, verblasste mit der Zeit.

Der Tag kam und Hannes ging in hohem Alter auf seine letzte Reise. Tage vor seinem Tod nahm er immer wieder den einst verabscheuten Körpergeruch seines verstorbenen Bruders um sich herum wahr. Es löste Herzklopfen in ihm aus und er hoffte inständig, dass er seinem Bruder nie wieder begegnen müsse. Doch kaum, dass er wenige Tage nach seinem Tode in seinem Seelenzimmer angekommen war, empfing ihn dort auch schon sein Bruder Heribert. „Ich hatte immer gedacht, Du würdest in der Hölle landen", begrüßte Hannes seinen Bruder Heribert. „Ich habe nicht weniger und nicht mehr Hölle, als dich erwartet" entgegnete ihm Heribert, in gewohnter Arroganz und fuhr fort: „Ich bin nur hier, um dir zu sagen, dass wir noch lange nicht fertig miteinander sind". Konsequent verwies Hannes das Wesen, das er als seinen Bruder Heribert auf Erden kennen gelernt hatte, aus seinem Seelenraum und schüttelte die unliebsame Begegnung geradezu körperlich wieder ab.

Als kurz darauf sein persönlicher Schutzengel in den Seelenraum einflog, dort Licht durch das Öffnen von großen Fenstern einließ und den immer noch wahrnehmbaren Geruch des Bruders über das Schwingen der Flügel vertrieb, fragte ihn Hannes: „Habe ich meine Lebensausgaben erfüllt? Habe ich für meine Seele und uns die irdische Zeit ausreichend genutzt? Habe ich, vor allem, genug geliebt auf Erden?" Die Antwort seines Engels kam mit einem befreienden Lachen: „Ja, ja, ja" antwortete er, „und in deinem nächsten Leben darfst Du lernen, noch stärker zu werden."

„Das kann ja heiter werden. Das klingt nach neuer Herausforderung. Ich bin froh, dass ich hier oben, bei euch zuhause, bin." … meinte Hannes vorsichtig lächelnd und beendete damit das Willkommens-Gespräch in seinem Seelenraum. Nur allzu gerne ließ er sich in den Baderaum für ankommende Menschenseelen bringen. Er freute sich sehr darauf, seine Seele rein zu waschen und nach all der Aufregung des irdischen Abschied-Nehmens alsbald friedlich zur Ruhe kommen zu dürfen.

Hannes war sich bewusst darüber, dass er Heribert in anderer Weise wieder begegnen und sich ihm abermals entgegen stellen müssen wird. Es war ihm irgendwie auch in Erinnerung, dass er der Seele Heriberts schon jetzt dafür dankbar sein sollte, dass er ihm so viel irdischen Lehrstoff präsentierte. Nur hatte er in diesem Moment überhaupt keine Bereitschaft dazu, sich diesem Wissen aus der Grundschulzeit für angehende Engel zu stellen.

Hannes durfte sich erholen, hier und da durfte er auf die Erde. Seine Ehefrau fing abends beim Auskämmen der Haare an, mit ihm zu reden. Dann stand er still in der Ecke und hörte zu. Er wollte nicht hinter ihr stehen – vielleicht hätte sie ihn im Spiegel wahrgenommen und wäre erschrocken. Wie wenig hatte er ihr im Leben sein Gehör geschenkt. Nach einer Weile fing er an, ihr leise zu antworten. Mit der Zeit wurde es für sie immer selbstverständlicher, seine ruhige

Stimme wahrzunehmen und sie ging mutiger in das Gespräch. Die abendliche Rücksprache tat ihr gut. In einem vertrauten Moment stellte er sich dann doch hinter sie und legte seine Arme um ihre Schultern. Still rollten ihre Tränen über das Gesicht. Sie vermisste ihn.

Seine Söhne erbten den Kräutergarten mit dem Familienhaus und den Hof seiner Eltern. Die Tochter war mit einer guten Mitgift ausgestattet und bereitete sich auf ein geregeltes Leben vor. Sie waren also gut versorgt und das machte ihn sehr stolz. Dennoch brauchten sie in mancher Situation noch seinen Schutz, einen warnenden Hinweis oder eine gute Idee und es freute ihn, dass ihr Glaube an Schutzengel, als einen solchen nahmen sie ihn wahr, Kraft bekam. Seine Kraft schien mit ihrem Glauben an Engel zu wachsen. Das motivierte ihn sehr bei seinen vielfältigen neuen Aufgaben.

Die Familie verzweigte sich, seine Frau und Kinder waren nun ebenfalls wieder nach Hause gekommen und er zog sich von der direkten Schutzengeltätigkeit nach und nach ein wenig zurück. Ihm oblag es nun, seine Nachkommen als Familienengel zu führen, Wege der politischen Entstrickung aufzuzeigen und dafür zu sorgen, dass alle ausreichend gut versorgt blieben.

Zwei Jahrhunderte später irdischer Zeitenrechnung kam der Hinweis, dass er wieder einen Direktauftrag auf Erden habe, diesmal nicht als Engel, sondern als Mensch. Viele Bekannte dürfe er dort wieder treffen, versprach man ihm und eine liebe Mutter bekäme er an seine Seite. Als sie ihm vorgestellt wurde, erkannte er seine

Schwägerin aus dem Leben als Kräuterkundiger. Auch die Seele seines Bruders kam in den Raum und man besprach sich. Hannes lernte, dass sein Bruder und er die Liebe zwischen den Geschwistern auf die Erde bringen sollten. Es war ihm ein Rätsel, wie ihm das mit seinem Bruder gelingen sollte. Sie würden schon verstehen, meinten ihre Engel.

Schon bald, nachdem er bei dem ersten Atemzug seine Lungen mit Luft gefüllt und eine wunderschöne hellblau ausgestattete Wiege in einem sonnigen Eckzimmer bezogen hatte, schaute er in die hasserfüllten Augen eines älteren Bruders. Nicht nur konnte der Säugling die Augen nicht scharf sehen, er wollte auch gar nicht so genau sehen, wie das, was da schon jetzt so komisch roch, aussah. Er war noch ein Baby als er erkannte, dass dieser große Bruder ihm weder die Muttermilch noch die Butter auf dem Brot gönnte und dass er ganz bestimmt kein guter Spielkamerad sein wird. Das Baby wurde auf den Namen Benedict getauft. Dass seine Seele in einem anderen Leben mit dem Namen „Hannes" schon mal hier war, wusste weder er noch sonst jemand um ihn herum.

Benedict unterbrach seine Schulfreundin in ihrem erzählenden Monolog.

„„Du glaubst doch nicht an Reinkarnation und dass ich in einem anderen Leben „Hannes" war, oder doch?

„Ja, bei manchen sehe ich, dass sie schon hier waren, bei anderen Menschen nicht. Die, wo ich keine vorherigen Leben sehe, sind das erste Mal oder eben nur einmalig hier", beantwortete ihm seine Schulfreundin ruhig seine Frage.

„Du meinst das jetzt nicht?"

„Benedict, entspann dich, ich erzähle dir eine Geschichte, was du daraus machst, liegt bei dir."

„Aber ich habe Herzklopfen und Druck auf den Ohren beim Zuhören. Ich kann oder will gerade nicht mehr entspannen. Ich platze hier gleich."

Benedict lauschte dem Schweigen im Headset. Er hörte nur noch ihren Atem, langsam und regelmäßig gab sie den Takt des Ein- und Ausatmens vor, dem sich schließlich auch sein Atem-Rhythmus ergab. Sie spürte, dass seine Anspannung nachließ.

„Atme die Aufregung einfach ab. Schenk´ die Geschichte und die Emotionen, den Schmerz, dem Göttlichen zur Umwandlung in etwas Gutes."

„Woher nimmst du solche Geschichten?"

„Sie sind einfach da, es ist deine Geschichte. Weißt du, manchmal ist es leichter einen Horrorfilm zu schauen, als einfach nur der eigenen, vielleicht gar belanglosen Geschichte zuzuhören."

Als er nicht antwortete, fragte sie vorsichtig: „Magst du ein andermal weitermachen?"

Benedict, bereits innerlich wieder ruhiger und einer von vielen inneren Stimmen nachgebend, wollte aber seine Geschichte, die noch nicht zu Ende war, weiterhören. So fuhr sie mit dem Erzählen ihrer Geschichte fort:

Heribert, der auch wieder da war und nun Egon hieß, ließ keine Gelegenheit aus, seinen kleinen Bruder noch kleiner zu machen, ihm Selbstvertrauen und wahre Souveränität von Anfang an zu rauben. Als großer Bruder schien er wild entschlossen, den Kampf um die Ressource der Mutterliebe diesmal für sich zu entscheiden. Trotz aller brüderlichen Gemeinheiten blieb Benedict ein kleiner Sonnenschein, dem die Herzen der Menschen zuflogen und dazu das Mutterherz allemal. Benedicts Mutter war es nicht möglich, diesen vor den Angriffen des älteren Bruders zu schützen. Zunächst wollte sie nicht wahrnehmen, wie sehr sie von Egon hintergangen wurde. Später entschuldigte sie ihr zögerndes Einschreiten damit, dass sie nicht vor Ort war, wenn ihr Erstgeborener seinem jüngeren Bruder das Leben zu Hölle machte. Sie hatte sich vorgenommen, beide Söhne gleichermaßen zu lieben, was ihr nicht möglich war. So plagte sie ihr schlechtes Gewissen darüber, dass der größere Topf ihrer Mutterliebe Benedict gehörte. Letztlich ließ ihr eigener Anspruch an eine „perfekte Mutterliebe" sie paradoxer Weise sogar ihm, dem Kleineren gegenüber, ungerecht werden.

Benedict glaubte, dass er als Erwachsener dem Sadismus des Bruders entrinnen könne. Doch konnte weder Benedicts sonniges Wesen noch die ihm damit inne liegende Wehrhaftigkeit verhindern, dass die frostige Bruderschaft der Kinderjahre während der Studienjahre zu einer brüderlichen Eiszeit mutierte. Und schließlich führte das Schicksal beide wieder in ihren Heimatort zurück.

„Woher weißt du, dass Egon und ich seit wir aus unseren Studienzeiten wieder hierher zurückgekehrt sind, so bitter miteinander streiten, fragte Benjamin unbeirrt von ihrer Ausführung.

Seine Schulfreundin blieb in ihrer Rückfrage ruhig: „Ist das so?"

Benedict bejahte tonlos ihre Nachfrage. Er fühlte sich gesehen oder besser noch: ertappt. Seine Schulfreundin, dieses ehemals etwas schüchterne Mädchen, die damals schöne junge Frau, wurde ihm geradezu unheimlich. „Du hattest mir selbst gesagt, dass ihr im Streit seid", warf sie sanftmütig ein.

Benedict musste ihr Recht geben: er hatte es erwähnt, aber hatte er auch erwähnt, dass Egon hier lebt? Wahrscheinlich wusste sie es über den Ehemaligen-Schulfunk, überlegte er weiter. Er dachte an den in den letzten Jahren offen geführten, hitzigen und bitteren Bruderstreit mit Egon. Egon hatte das Glück mit einer hinreichend neuen wissenschaftlichen Erkenntnis mächtige Freunde gewonnen zu haben. Benedict lebte dem Anschein nach zufrieden mit und gut von seiner kleinen aber feinen Designmöbelwerkstatt, die er teils geerbt und teils selbst aufgebaut hatte. Sein innerer Frieden war in Wirklichkeit durch die andauernden Angriffe seines großen Bruders mächtig erschüttert. Es führt zu weit, die Gemeinheiten des älteren Bruders gegen den Jüngeren allein während der letzten Jahre aufzuzählen oder die Nutzlosigkeit der Verteidigung des jüngeren Bruders genauer anzuschauen. Aus entfernterer Perspektive glich Ihr Streit einem Tennismatch, dessen Zeitlimit bereits so lange überzogen war, dass selbst die Zuschauer aus der Familie, der Nachbarschaft und die involvierten Juristen sich davon erschöpft fühlten.

Egon, sein Bruder, genoss nach seinem Studium als Mediziner großes Vertrauen in der Dorfbevölkerung seines Heimatortes. Er war nicht der Intelligenteste, aber er war schlau. Er wusste, welche Fähigkeiten und dunklen Gaben er auf die Erde mitgebracht hatte und er setzte sie sämtlich im Kampf gegen seinen jüngeren Bruder ein. Je älter er wurde, desto bewusster wurde ihm, dass er anders war als Menschen um ihn herum. Er konnte nicht fühlen, was sie fühlten. Um „Liebe" und „Aufmerksamkeit" zu bekommen, übte er gefühlvolle Reaktionen vor dem Spiegel ein. Es gelang ihm mit der Zeit besser, Emotionen überzeugend nachzuspielen. Eines Tages machte Egon die Erfahrung, dass er Wärme und vielleicht sogar so etwas wie Euphorie fühlte, wenn er während des Sterbens eines Menschen anwesend war. Später lernte er, Menschen medikamentös beim Übergang „behilflich" zu sein, oftmals ungeachtet derer eigenen Willensäußerung. Die Intensität des Sterbevorgangs und der Schmerz der Angehörigen schienen ihn in seiner Seele zu beruhigen. Er konnte sich für einen Moment in einem Meer von Gefühlen wahrnehmen. Paradoxerweise war er in der Energie des Todes ein überaus lebendiger, geradezu ein fühlender Mensch.

Benedict stöhnte auf: „So kannst du ihn nicht sehen. Ja, er ist und war bestimmt kein guter Bruder und auch sonst ist er als Mensch nicht einfach, aber er mordet doch nicht, er ist hier einfach der Arzt vor Ort."

„Ich erzähle die Geschichte, die für dich erzählt werden möchte. Es liegt bei dir, was du davon hören magst."

"Die Geschichte ist absurd."

„Meinst du? Oder ist das, was ich sehe, nur einfach zu schwer auszuhalten?"

Benedict wusste ihre Frage nicht zu beantworten. Mit einem Seufzer in der Stimme gab er ihr nach: „Also gut, ich höre dir von nun an geduldiger zu."

So fuhr sie fort: „Wenngleich seine besondere Persönlichkeitsstruktur in Verbindung mit seinem Beruf dazu führte, dass seine Morde nahezu perfekt getarnt waren, wurde schon während seiner Facharztausbildung die Todesstatistik der ihm anvertrauten Station Thema einer Klinikbesprechung. Es gelang ihm, den Verdacht auf einen der dort beschäftigten Pfleger zu lenken und er beschloss, für die Zukunft vorsichtiger mit seinem Wunsch nach Todesnähe umzugehen.

Wenn es allerdings darum ging, Menschen aus dem Umfeld seines Bruders loszuwerden, wurde er plötzlich wieder kreativ: Medikamente, die einen Notfall heraufbeschworen, Kuren, die kontraindiziert wirkten, Diagnosen, die jeder Realität entbehrten. Auf dem Dorf gab es für ihn viele Möglichkeiten und es war für Egon nun leichter, verborgen bleibende, akute Todesursachen herbeizuführen. Die Kälte seines tiefsitzenden Hasses ließ Egons logisches Denkvermögen unbeirrt in alle Richtungen möglicher Todesumstände fließen. Abläufe, die je nach Situationsvorgabe schnell oder eben auch langsam einen Menschen, der seinem Bruder zugetan war, vom Leben abschnitten, wurden nach und nach von ihm in Gang gesetzt.

Auf der Beerdigung im dörflichen Rahmen brachte er die zuvor akribisch einstudierte Fähigkeit, Hinterbliebene in den Arm zu nehmen und bewundernswert zu trösten, in nunmehr geradezu perfekter Weise ein. Trauer vernebelt den Blick; kaum jemand nimmt das kalte Kalkül seines Trostes wahr, im Gegenteil, im Anschluss an die Beerdigung vertraute man ihm umso mehr."

Während sie erzählte, ließ Benedict Revue passieren, wie er die Todesfälle um ihn herum als Schicksalsschläge hingenommen hatte. Seine Assistentin, sein Werkstattleiter und ein guter Freund, allen hatte er sich irgendwie besonders verbunden gefühlt. Sie alle waren nach kurzer Krankheit verstorben – nachdem sie sich bei ihm, seinem Bruder, in Behandlung begeben hatten. Jedes Mal hatte er zugeschaut, wenn sein Bruder die Angehörigen auf den Beerdigungen gekonnt tröstete. Er hatte zu keinem Zeitpunkt in Erwägung gezogen, dass der endlose Bruderstreit die verbindende Komponente der unvorhergesehenen Todesfälle in seinem Umfeld gewesen sein könnte.

Egon hatte als Mediziner Möglichkeiten, Leben unbeachtet zu beenden, das war Benedict sehr bewusst. Aber noch wehrte er sich gegen die Vorstellung, die seine Freundin mit der Erzählung der Geschichte als eine grausame Realität aussprach. Mühsam verteidigte er die innere Sicherheitszone seines Lebens vor ihrer Sichtweise und damit auch seinen verhassten Bruder:

„Ja, aber er ist hier doch DER Arzt."

„Du störst mit deinen Unterbrechungen den Zauber der Geschichte Benedict", hörte er sie sagen. Es handelt sich um eine Geschichte, sie musss nicht stimmen. Es war still zwischen Ihnen. Beide dehnten die Pause über das Maß des Üblichen aus. Benedict fühlte sich von ihren Worten, ihrer Sichtweise, geschockt. Er konnte, wollte ihr nicht glauben. Und doch spürte er, dass er sich vor ihren Worten nicht verschießen durfte. Er goss Wasser aus der Karaffe in sein Glas.

„Ich übernehme", brach es aus Benedict heraus „und erzähle dir, wie es weiterging".

„Ich studierte, als meine herzallerliebste Mutter älter und gebrechlicher wurde, argwöhnisch alle Beipackzettel der Medikamente, die mein Bruder ihr verordnete und vorbeibrachte. Mein Argwohn gegenüber meinem Bruder forderte mich heraus: ich kann mit Materialien umgehen, Dinge gestalten und ganze Hallen einrichten, aber mit diesen Tröpfchen, kleinen Kugeln und den zu Minirädern zusammengepresster Chemie, die gut sortiert nach Tagen und Stunden einzunehmen waren, kenne ich mich zu wenig aus. Meine liebe Mutter, stets fröhlich und sehr zuversichtlich, war davon überzeugt, dass sie sich bald wieder erholen werde. Sie beruhigte mich damit, dass sie das Leben liebe und noch viel vorhabe. Gleichzeitig wurde sie zusehends schwächer. Eines Tages musste sie ins Krankenhaus gebracht werden. Intensive Medizin rollte an und vor lauter Schläuchen konnte ich schon nach wenigen Tagen das Gesicht meiner Mutter kaum mehr streicheln. Nur wenig später, früh morgens, wurde ich zur Verabschiedung gerufen. Ich war mir nicht sicher, ob sie mich noch erkannte.

Die Beerdigung meiner Mutter verlief ruhig, ein wenig bedrückend vielleicht. Mein Bruder flüsterte mir beim Weggehen kurz zu, dass es nun erst wirklich losginge. Ich wusste nicht, was er damit meinte und hatte neben meiner Firma die Aufgabe, ihre Vermächtnisse zu regeln. Ich kam ihren letzten Wünschen so gut wie ich konnte nach, aber Egon überzog mich mit einer Flut von Klagen und so und kam ich abends oft erst spät ins Bett. Wirklich geschockt war ich jedoch erst, als eine angeordnete Obduktion eine tödliche Menge an Morphin im Blut meiner Mutter auswies. Seitdem ist mir die Kontrolle über mein Leben entglitten. Ich fühle mich Schachmatt: die Firma braucht meine Kraft, meine Ehefrau wirft mir vor, keine Zeit für sie oder Kinder zu haben und ein Ende des Krieges mit meinem Bruder ist nicht absehbar.“

Seine Freundin fragte ihn, ob sie etwas für ihn tun könne, aber er lehnte ab, bedankte sich bei ihr für die Geschichte und fragte, ob er sie wieder anrufen dürfe.

Einige Wochen nach dem Telefongespräch mit der Freundin aus seiner Schulzeit sah er beim Zähneputzen seine Mutter im Spiegel hinter sich stehen. Es wurde kühl um ihn und eine Gänsehaut ließ die Haare auf seinem Körper sich aufrichten. Sie nannte ihn bei dem Kosenamen, den sie in seiner Kindheit für ihn benutzt hatte. „Mein lieber Sonnenschein“ fing sie an, „Benedict“, fuhr sie mit seinem richtigen Namen fort: „ein uralter Konflikt mit deinem Bruder steht im Raum. Denke daran, die stärkste Lösungskraft ist Vergebung.

Verzeihe deinem Bruder und seiner Seele, was sie Dir und mir damals wie heute zufügten. Bitte seine Seele um Vergebung für das, was wir ihm vor Zeiten angetan haben. So beruhigt sich dein Geist und seiner. So rufst das irdische Ende eurer Fehde herbei.“

Benedict wagte kaum zu atmen. Als er wieder in den Spiegel schaute, war seine Mutter für ihn nicht mehr sichtbar. „Was ist nur los mit mir? Jetzt fange ich auch noch an, zu halluzinieren!“ erregte er sich. Ein weiterer Gänsehautschauer ließ ihn die körperlich wahrnehmbare Dimension des Besuches vom Geist seiner Mutter spüren. Wusste seine Mutter mehr als er hier auf Erden? Hatte sie soeben Bezug auf die ihm erzählte Geschichte genommen? Könnte ein Gespräch mit der Seele seines Bruders dem Spuk ein Ende bereiten? Und wäre er dazu bereit, seinem Bruder oder der Seele seines Bruders zu verzeihen? Während seine Fragen in Gedanken vor und zurück wanderten, wuchs seine Entscheidung, den Rat seiner verstorbenen Mutter anzunehmen.

Früh am nächsten Tag schon rief Benedict seine Schulfreundin an. Er bat um eine Verabredung zum Kaffee. Verunsichert überlegte er, ob er seiner Frau von dem Treffen erzählen solle. Doch das wollte er nicht. Es gibt nichts, was zu erzählen wäre, suchte er sich selbst zu überzeugen.

Sie verspätete sich etwas: „Wie früher auch“, dachte Benedict ohne sich bei ihr zu beschweren. Im Kaffee warf sie die Mütze und den Mantel auf den benachbarten Stuhl und bestellte ihren Kuchen mit einem Milchkaffee, als wäre sie hier zu Hause.

Benedict erzählte ihr von dem Gespräch mit seiner verstorbenen Mutter. Er wollte ihre Meinung dazu hören. Sie überlegte kurz und riet ihm den Faden des Gesprächs mit seiner Mutter aufzunehmen. „Aber ich kann ihm nicht einfach verzeihen. Er hat mich mein ganzes Leben lang gequält“, empörte sich Benedict mit gedämpfter Stimme.

Beschwichtigend legte seine Schulfreundin ihre Hand auf seinen Unterarm.

„Natürlich! Überwinde und besiege ihn zuvor! Dann wirst du es können.“

„Und wie soll ich das schaffen?“ Benedict klang genervt.

„Im Geiste! Besiege ihn mit der Kraft und unendlichen Größe der Phantasie.“

„Du meinst, ich soll mir vorstellen, dass ich ihn irgendwie erschlage?“

„Nein, das ist zu billig: Verbrenne das, was war. All seine Taten, die Worte und was immer dich verletzt hat. Und auch alles das, was dein Gewissen belastet. Und wenn du deinen Part nicht verbrennen kannst, dann bitte doch das Göttliche um ein reinigendes Feuer.“

„Und was dann?“

„Dann denkst du dir eine bessere, eine schöne Welt. Erlaube dir die Vision eines Lebens, so wie du es ab jetzt führen möchtest.“

Er lächelte: „Und meinst du, das hilft?“

„Benedict, probiere es doch mal. Verzeihen funktioniert jedenfalls erst dann, wenn man sich sicher fühlt.“

Sie tranken ihren Kaffee und plauderten noch eine Weile über dies und das.

Zum Ende des Treffens, nach der freundschaftlichen Umarmung, sagte sie noch:

„Ich verstehe jetzt besser.“

„Was“, fragte er.

„Warum du damals nicht mit mir sein konntest und ich nicht mit dir.“

„Was meinst du?“

„Du kämpfst stark im Außen – um Erfolge, um den Sieg, um Geld. Bei meinen Schlachten handelt es sich um den Sieg über die Dämonen im Inneren eines Menschen.“

„Und hast du Erfolg?“

„Ja“, antwortete sie, „schon. Aber einfach ist es nie. Und du, hast du Erfolg?“

„Auf meinem Terrain bin ich erfolgreich: ich habe meine Firma, meine Familie und ja, mir geht es gut.“ In seiner Stimme vibrierte Stolz und eine verhaltene Freude über das Erreichte. Sein Blick ging in die Weite und der Tonfall seiner Stimme änderte sich, als er etwas leiser anmerkte: „Aber es war auch schon mal einfacher.“

Benedicts Gedanken entwickelten auf der Rückfahrt eine Art Eigenleben. Er ließ das Gespräch Revue passieren und während er sich noch ein himmelhohes Feuer wünschte, sah er schon die Gerichtsakten in einem solchen brennen. Er warf ein Schwert nach seinem Bruder und trat parallel im Feierabendverkehr hart auf die Bremse, um einen Auffahrunfall zu verhindern.

Seine Sehnsucht, den älteren Bruder so grandios zu besiegen, wie der heilige Georg mit Schwert und Pferd den Drachen, verwirklichte sich auf der inneren Leinwand in Sekundenschnelle. Freudig begrüßte er die anschließende Vorstellung, dass ein turbulenter Fluss Egon mit sich riss, bis er aus seinem Blickfeld verschwand. Sicherheitshalber packte er seinen Bruder in Gedanken noch in einen Karton und vergaß auch nicht, den imaginären Adressaufkleber sorgfältig mit dem Ziel „TIMBUKTU" zu versehen und ein „AUF-NIMMER-WIEDERSEHEN" auch in Großbuchstaben zu ergänzen.

Er fuhr wie in Trance in Richtung seines Zuhauses und kam erst wieder zu sich, als er auf seinem Rückweg an seiner Firma vorbeikam. Die Bilder hatten beruhigend, geradezu tröstend auf ihn gewirkt, obwohl er manche seiner Vorstellungen für kindisch hielt. Spontan beschloss er einen Zwischenstopp einzulegen, um in seinem Büro kleinere Rechnungen an seine Kunden zu schreiben.

Müde geworden ging er spät nach Hause und legte an der Garderobe gerade seinen Mantel ab, als er hinter sich stehend im Spiegel wieder seine Mutter wahrnahm. „Sie hatte Recht, deine Freundin. Dein Bruder hatte sich geradezu bis in deine Seele hineingefressen, so tief, dass du ganz grau davon im Gesicht geworden bist." Obwohl er wusste, dass es stimmte, wollte das, was sie sagte, nicht hören. So sagte er nur, „Ich bin dabei, ihn zu verjagen."

Als er sich vom Spiegel abwandte, sah er seinen Vater vor sich stehen. Dieser war bereits vor Jahren verstorben und Benedict hatte ihn wenig vermisst. „Lebe, meine Junge" schien er zu sagen und Benedict spürte seine Verwunderung über die Freundlichkeit in der Stimme seines Vaters. Sein Vater lächelte ihn an. Er schien mit der neuen, rein imaginären Wehrhaftigkeit seines jüngeren Sohnes im Einklang zu sein.

Verwundert setzte sich Egon mitten im Flur nieder. Auch wenn er danach gestrebt hatte, in Frieden zu leben, war der Kampf mit seinem Bruder sein täglicher Begleiter und die Phantasien während der Heimfahrt, so nannte er seine Bilder, nur eine Pause, eine kleine Traumreise gewesen. Er wünschte, er hätte seinen Bruder im echten Leben schon vor Jahren schachmatt gesetzt.

Benedict wusste, dass sein Bruder durch das andauernde Kämpfen in gewisser Weise Macht über sein Leben hatte: Egon band mit dem Krieg seine, Benedicts, Lebenskraft und -zeit. Vor allem aber hatte es sein Bruder erreicht, dass es Benedict an notwendigem Vertrauen für eine tiefe menschliche Bindung fehlte. Sein Selbstbewusstsein fußte nicht zuletzt auf seiner Funktionalität und auf sicht- und erlebbaren Statussymbolen. Der Glücksfaktor über die materiellen Errungenschaften hielt jedoch nach der Anschaffung stets nur kurz an. Darunter fühlte er eine innere Leere. Diese war sein kleines Geheimnis – sie blieb unerkannt selbst vor seiner Frau und Mutter seiner Kinder.

Es tat Benedict den folgenden Wochen gut, seinen Bruder phantasievoll in immer neuen Varianten zu jagen und ihn auf verschiedene Weise zu stellen, zu besiegen und seines Lebens zu verweisen. Wenn er einen Prozess gegen seinen Bruder verlor, verbrannte er mit seinem imaginären Feuerschwert den Vorgang und wenn er einen Streit für sich entschied, küsste er das Urteil.

Er hatte die Idee, dass die rätselhaft verstorbenen Toten des Dorfes Egon den Schlaf raubten – allein für den Fall, dass seine Freundin wirklich Recht hatte. Und er stellte sich vor, wie gut es sich anfühlen würde, wenn das Spiel Egons durchschaut würde.

Wenn ihm sein Bruder gegenüberstand, ließ er ihn gedanklich im Gully verschwinden, von einem Teppich aus seinem Büro fliegen oder er schrumpfte ihn in seiner Phantasie zur Maus und ließ ihn von seinem Kätzchen jagen. Schritt für Schritt veränderte Benedicts Vorstellungskraft sein persönliches Auftreten. Er wurde mutiger, aufmüpfiger und zielorientierter. Nein, er war kein „Opfer" mehr! Auf jeden Fall nicht mehr in seiner Vorstellung.

Es dauerte, aber das Blatt wendete sich tatsächlich zugunsten Benedicts. Seine Nachbarn wurden skeptischer gegenüber ihrem hochgelobten Arzt und hinterfragten manche Kur. Richter fingen an, nicht mehr alles zu glauben, was sein Bruder erzählte.

Als er eines Nachts aufwachte, fühlte er sich seines eigenen Grolls überdrüssig. Zum Verzicht auf die eine Hauptrolle im Drama des Bruderstreits bereit, wandte er sich an die Seele seines Bruders: „Ich verzeihe dir und lasse den Quatsch los. Ich übergebe dir den ganzen Kram: die ganzen Akten mit den unzähligen Worten, die Lügen, die Beleidigungen, den Ärger, ja den ganzen Plunder, der irgendwie an unserem Streit hängt. Doch das Haus und die Firma behalte ich, denn das war der Wille unserer Eltern. Und in meine Familie, bekommst du keinen Fuß rein."

Er hatte seinem Bruder verziehen. Doch manches konnte er ihm noch nicht vergeben: die durch den Streit geraubte Lebenszeit war unwiederbringlich verloren genauso wie der Verlust des Vertrauens seiner Ehefrau. Es lag nicht in seiner Macht, dieses Vertrauen zurückzugewinnen. Und das in seinen Augen Verlorene wollte er seinem Bruder nicht vergeben. Es lag in der Natur des von ihm geführten Monologs, dass sein nächtlicher Diskurs keine Versöhnung mit dem Bruder ermöglichte. Mit nur einem Teilnehmer blieb es ein unvollendetes Gespräch.

Eine Versöhnung schloss er aus; schon der Gedanke an eine Aussprache erschien ihm überdimensioniert. Allein die Vorstellung, im selben Raum mit seinem Bruder zu sitzen und mit ihm sprechen zu müssen, war ihm unerträglich. „Mein Selbstgespräch kann ich auch ein andermal fortführen", überlegte er noch, während er fast schon wieder einschlief.

In den folgenden Wochen schien es Benedict, als sei ein Schleier von seinen Augen genommen. Er hatte gute Ideen für das Design seiner Möbel und konnte vieles davon umsetzen. So war ihm mit seiner neuen Möbellinie ein Coup gelungen und die Auftragslage zu den am letzten Wochenende auf der Messe vorgestellten Möbeln konnte sich sehen lassen. Während er die Produktion der bestellten Möbel plante, trat ein Polizist in sein Büro ein und bat Benedict um ein Gespräch.

Der Polizist wies sich aus und erzählte, man habe den dringenden Tatverdacht, sein Bruder habe absichtlich den Tod eines Patienten herbeigeführt. Er schloss seine Ausführungen mit der Frage, ob er sich das vorstellen könne. In Gedanken malte Benedict dem Polizisten zwei große weiße Flügel in den Rücken und einen goldenen Heiligenkranz über den Kopf. Dann holte er den Obduktionsbericht seiner damals verstorbenen Mutter aus einer Schublade. „Ich kann", sagte er nur und übergab den Bericht an den

Polizisten. Und im Übrigen möchte ich die Aussage verweigern, immerhin ist Egon, also unser Arzt vor Ort, mein Bruder.

Als der Polizist mit dem Obduktionsbericht in der Hand Benedicts Büro verließ, lächelte Benedict still in sich rein. Wenn Egon weggesperrt würde, könne er ihm vielleicht sogar den ganzen unwiederbringlichen Rest vergeben und einen Schlussstrich unter den lebenslangen Streit ziehen. „Dann wäre ich frei", dachte er sich. Ob sich seine Mutter im Himmel darüber freuen würde? Vielleicht würde ihr Herz ja noch immer auch für seinen Bruder schlagen?

Er wollte die Situation als einen anerkennenswerten Teilerfolg feiern. Kurz überlegte er, ob er seiner Schulfreundin einen Blumenstrauß als „Dankeschön" senden sollte, entschied sich dann aber dazu, seine Frau zum Essen einzuladen.

Ob er nochmal an seine Schulfreundin gedacht hat? Gute Frage, doch dazu ist der Autorin leider nichts bekannt. Letztlich war es ihm nicht bewusst, dass seine sonnige Schulfreundin in einem anderen Leben schon mal seine geliebte Tante war, eine wahre Seelenverwandte sozusagen.

ENDE

Dankbar

Die Sonne mir in die Seele lacht,
mein Sinn für Freude schwingend erwacht.
Es gilt zu entdecken die ganze Pracht:
Das blumige und duftende der Frühsommerwelt
mit allem Guten, was echtes Leben enthält.
Beim Liegen auf der breiten Liege,
genieße ich die satte grüne Wiese.
Höre das leise Plätschern vom Bach.
Bin ganz ruhig und zugleich hellwach.
Präsent – großes Glück dutzendfach.

Ich atme das sonnige Licht
und genieße die seidig flimmernde Sicht.
Das Leben ist bunter, mein Körper munter.
Die Haut atmet auf – ICH BIN
von Kopf bis Fuß wohlauf.

So fällt es leicht, an die Liebe zu glauben.
Die Stimmung gleicht der von Sonnenurlauben.
Vor meinen Augen funkeln glitzernde Spiralen,
es tanzen die Punkte in lichtreichen Farben.
im Widerspruch zu allem gewohnt Rationalen.
Ich atme tief ein und langsam wieder aus.
Im Takt mit dem innerlich tobenden Applaus.
Lange zuvor wartend auf die Sonnenstrahlen,
diese nun genießend - fernab von allem Banalen.
ICH BIN im Kern von Sakralem.

So sage ich „Danke, danke sehr" dem Göttlichen
Und zu Christus, dem einen reinen Wichtigen,
wie zu seinen Lichtkräften, es sind die Richtigen.

Ich sage „danke" zur heiligen Mutter Erde
auf dass Heiligkeit dann mein Sein werde.

Im Einklang mit meiner Dankbarkeit
steh´ ich unerwartet zu meiner Heiligkeit.
Umarme das zauberhafte kleine Kind in mir
Trinke vom göttlich´ Geist das Elixier
ICH BIN - zentriert in der Dreieinigkeit hier.

Danke Gott – Amen